Vera Ratay

Felix und Franziska

reisen um die Welt

Weitere heitere Episoden

2. Auflage

Copyright © 2016 Vera Ratay

ISBN: 9783741251535

Herstellung und Verlag:
BoD - Books on Demand, Norderstedt

Für unsere Freunde.

Dank Euch dürfen Felix und Franziska immer wieder neue Abenteuer erleben.

Felix und Franziska in Italien

Franziska hatte ihren Schreibtisch aufgeräumt und war dabei auf einen alten Geburtstagskalender ihrer Mutter gestoßen. Interessiert blätterte sie und fand Namen von Onkel und Tanten, die genau wie ihre Eltern schon lange nicht mehr unter den Lebenden weilten. Ihr eigener Name stand dort fein säuberlich hingeschrieben neben dem ihrer Kusine, die einen Tag später Geburtstag hatte. Ein paar Freunde ihrer Eltern waren ihr nur vom Hörensagen geläufig, aber dann, sie hatte schon bis November vorgeblättert, las Franziska den Namen Damian Schmitzke. Damian! Am 15. November würde er – sie rechnete schnell – 80 Jahre alt! Eine Adresse in Italien war eingetragen, und Franziska erinnerte sich daran, dass Damian auf Ischia lebte. Wenn er denn noch lebte. Damian Schmitzke, der Vorname war exquisit, und für den Nachnamen konnte er nichts. Ein Rheinländer musste sich vor Urzeiten in die schleswig-holsteinische Ahnenreihe eingeschlichen haben. Damian war ein guter Bekannter ihrer Eltern gewesen, und als ihre Freundinnen für Peter Kraus oder Elvis schwärmten, schwärmte Franziska für Damian. Damian besaß ein exklusives Autohaus und fuhr in einem zitronengelben Porsche durch Kiel. Zusammen mit seiner Mutter lebte er in einer Villa im Stadtteil Düsternbrook, das Wohnzimmer war chinesisch eingerichtet, das Bad schwarz gekachelt, und von der überdimensionalen Wanne aus schaute man durch ein bodentiefes Fenster über die Dächer der Nachbarhäuser hinweg zu den Schiffen auf der Förde. Es war ein Höhepunkt in Franziskas jungem Leben, als ihre Eltern zu einem Kuraufenthalt nach Bad Pyrmont fuhren und Damians Mutter sich erbot, solange auf das Mädchen aufzupassen. Franziska bezog das Gästezimmer der Villa und genoss den Luxus, morgens mit dem zitronengelben Porsche vor der Schule abgesetzt zu werden, wenn Damian zu seinem Autohaus fuhr. Die neidischen Blicke ihrer Freundinnen entzückten sie zutiefst.

Damian war noch keine fünfzig Jahre alt, als er beschloss, in seinem Leben genug gearbeitet zu haben. Seine Mutter lag unter einem roten Marmorengel auf dem Kieler Südfriedhof, die Villa und das Autohaus hatte er verkauft, dem norddeutschen Klima mit seinem frischen Wind kehrte er den Rücken und reiste ab in den Süden. Franziska erinnerte sich an die Erzählungen ihrer Mutter, die den Kontakt zu Damian aufrecht erhalten hatte. Eine Weile lebte er in der Toskana, erprobte dann das Großstadtleben in Rom und kaufte schließlich ein Haus auf der kleinen Insel Ischia, im Golf von Neapel gelegen.

Und nun wird er 80 Jahre alt, dachte Franziska. Ob er noch lebt? Und ob die Adresse noch stimmt? Spontan beschloss sie, einen Glückwunsch zu schicken und setzte sich an ihren Computer. Ein paar belanglose Zeilen, und ab damit in den Briefkasten.

Kaum zwei Wochen später fand Franziska einen dicken Umschlag mit italienischen Briefmarken in ihrer Post.

Neugierig öffnete sie den Brief und zog vier engbeschriebene Seiten hervor. Damian hatte sich über ihren Geburtstagsglückwunsch so sehr gefreut, dass er ausführlich antwortete. Er erzählte von seinem Haus, am Hang des Epomeo gelegen, mit Blick in den Sonnenuntergang, von Tonino und Filina, die seinen Haushalt führten, von Forio, wo im Hafen die Schiffe anlegten, und wo er am Nachmittag auf der Piazza saß und seinen Wein trank, den Wein, dessen Trauben in dem milden Klima so herrlich gediehen. Franziska war begeistert. Tonino, Filina, Forio, die Namen zergingen auf der Zunge. Sie sah den kleinen Ort mit seinen Menschen, dem Hafen und der Piazza förmlich vor sich und machte sich daran, einen Brief dorthin zu schreiben. Die Belohnung hielt sie kurz vor Weihnachten in den Händen.

„Felix!" Franziska jubelte. „Felix, Damian lädt uns ein, ihn auf Ischia zu besuchen!"

Felix klappte den Sportteil der „Holsteiner Nachrichten" zu, sah Franziska durch das Wohnzimmer hüpfen und einen Brief durch die Luft schwenken und wurde dann stürmisch umarmt.

„Felix, wir fahren nach Italien!"

Sie setzte sich ihm gegenüber und las vor: „Auf meinem Grundstück liegt ein separates Gästehaus, das ich dir, liebe Franziska, und deinem Mann gerne überlasse. Das Klima ist hier auch im Winter sehr angenehm, und der Pool im Garten erhält von einer Thermalquelle ständig frisches warmes Wasser."

Franziska strahlte: „Felix, wir könnten sofort im Neuen Jahr dorthin fahren, uns die Insel anschauen, im warmen Wasser baden, und wenn wir schon nach Italien reisen, dann müssen wir uns natürlich noch ein paar andere Orte ansehen, vielleicht Rom, da waren wir noch nicht, oder Capri, da macht Claudia Schiffer Urlaub, das habe ich kürzlich beim Friseur gehört, und Sophia Loren wohnt in Positano, das stand im Bunten Blatt, da könnten wir auch –"

„Franziska!" wurde sie von Felix unterbrochen und kam endlich dazu, Luft zu holen. „Franziska, meinst du wirklich, dass es diesem alten Mann recht ist, wenn wir ihn besuchen?"

„Natürlich, er schreibt hier, dass Tonino und Filina sich um alles kümmern. Er wird sich freuen, er ist sicherlich einsam auf Ischia. Komm Felix, lass uns ins Reisebüro gehen und einen Flug buchen!"

Für den Flug nach Neapel zur Winterzeit gab es ein gutes und sehr günstiges Angebot, und so war es beschlossene Sache, drei Wochen Italien für Felix und Franziska.

Felix befürchtete, die Drähte vom Computer könnten heißlaufen, so eifrig forschte Franziska im Internet nach den schönsten Plätzen im sonnigen Süden. Bald hatte sie einen Reiseplan ausgearbeitet, der von Neapel nach Pompeji und an die Amalfiküste führte, dann über

Sorrent nach Ischia, von dort sollte sich ein Ausflug nach Capri problemlos arrangieren lassen.

„Sofia Loren wird im Januar sicherlich in ihrem Haus in Positano sein, und wenn du bei ihr klingelst, lädt sie dich vielleicht auf einen Cappuccino ein", meinte Felix mit leiser Ironie, „aber ich glaube nicht, dass du Claudia Schiffer auf Capri triffst. Wir sollten einen Zwischenstopp in St. Moritz machen, wenn du im Winter die Prominenz sehen willst."

„Unser Flieger landet in München zwischen, nicht in St. Moritz", lachte Franziska und machte sich daran, die auf dem Dachboden gestapelten Koffer zu inspizieren. Im Gedanken an eine schicke Villa mit Pool und Gästehaus auf Ischia fanden die alten Gepäckstücke keine Gnade vor ihren Augen. Selbstverständlich musste ein neuer Koffer her!

Felix schaffte es mit Mühe, Franziska davon abzuhalten, zum neuen Koffer auch gleich einen neuen Inhalt zu kaufen. Jeans und Pullover hätte sie genügend und in bester Qualität, versicherte er ihr. Und bei den Blusen, wenn es denn tatsächlich warm würde - was die Wärme in Italiens Winter betraf, da hatte Felix so seine Zweifel - könne sie doch auch auf einen reichen Fundus zurückgreifen. Aber einen neuen Badeanzug bräuchte sie unbedingt, meinte Franziska, schließlich wolle sie nicht nur im Pool, sondern auch im Mittelmeer baden. Ihre Recherchen im Internet hatten ergeben, dass das Wasser dort im Winter nicht viel kälter sein dürfte als die Ostsee im Sommer.

Die Suche nach dem Badeanzug entwickelte sich zur stundenlangen Odyssee durch sämtliche einschlägigen Geschäfte. Das Angebot war jetzt, außerhalb der Badesaison, sehr knapp, und Franziska musste sich für jede Anprobe aus Winterjacke, Hose, Pullover und Stiefel pellen. Der eine Badeanzug zeigte zuviel Busen, der andere zuviel Po, der nächste passte, doch die Farbe gefiel nicht. Franziska wunderte sich über die ungewöhnliche Geduld, die Felix an den Tag legte, bis er ihr schmunzelnd gestand, wie viel Spaß ihm die Anproben machten, wenn er mehr oder weniger heimlich in die Umkleidekabine spähen und ihr zuschauen konnte. Als endlich ein Teil gefunden war, das vom Busen bis zum Po alles appetitlich verpackte und in Farbe und Muster sowohl Franziskas wie auch Felix' Zustimmung fand, gingen sie zum Italiener und feierten den erfolgreichen Einkauf mit Pizza und Chianti.

„Neapel sehen und sterben..." war Franziskas Reiseführer betitelt, und angesichts des tosenden Großstadtverkehrs erschien Felix die Wahrscheinlichkeit, hier bei einem Autounfall umzukommen, nicht sonderlich gering. Aus dem Fenster des Busses, der ihn und seine Franziska vom Flughafen zum Bahnhof brachte, schaute er auf himmelhohe Mietskasernen, abblätternden Putz, Leinen voller Wäsche, und enge überfüllte Straßen, in denen die Autos konstant hupten, was das Chaos zwar lauter, aber nicht übersichtlicher machte. Die Menschen, die zwischen den Autos herumwuselten, steckten allesamt in dicken Jacken, Mützen und Handschuhen. Soviel zu den Frühlingstemperaturen im italienischen Winter.

Der Bus spuckte Felix und Franziska vor einer überdimensionalen Baustelle aus, die sich als der Versuch entpuppte, in Neapel eine U-Bahn zu bauen. Hier sei der Bahnhof, *la stazione*. Aha. Felix rollte den neuen Rollenkoffer einen halben Kilometer an einem Bauzaun entlang, wobei die Autos seine Hacken nur um Haaresbreite verfehlten, kämpfte sich dann durch Menschenmassen, die die Bahnhofshalle verstopften, und landete schließlich in einem unübersichtlichen Tunnellabyrinth, das ihn, nachdem er mit Franziska an der einen und dem Koffer an der anderen Hand endlich wieder herausgefunden hatte, auf mysteriöse Weise den Zug nach Pompeji finden ließ. Die Bahnfahrt führte zwar nicht wie im Internet recherchiert in Pompejis Innenstadt, aber immerhin zum Haupteingang der Ausgrabungsstätte.

„Die Antike kriegen wir morgen", sagte Franziska, und „Hier geht es zu den Hotels", freute sich sie sich angesichts einer riesigen Reklametafel und wedelte mit der am heimischen Computer ausgedruckten Liste. Mit forschem Schritt eilte sie voraus, und Felix bemühte sich, mit dem Koffer im Schlepptau den Parcours über etwas, das ihm vorkam wie die Reste eines römischen Bürgersteigs, zu bewältigen. Da Franziska den Hinweisen für Autofahrer folgte, umrundeten die beiden fast die gesamte Stadt, bevor die Umgehungsstraße endlich ins Zentrum führte.

„*Albergo Antico*, hier fragen wir nach einem Zimmer." Franziska verschwand im Innern des schmalen

Gebäudes, während der leicht außer Atem geratene Felix mit anerkennenden Blicken den Koffer betrachtete. Die Rollen waren nach aller Ruckelei über römische Relikte immer doch da, wo sie sein sollten. Es geht doch nichts über deutsche Wertarbeit, freute er sich.

Als er am nächsten Morgen erwachte, goss es in Strömen. Felix hörte den Regen rauschen, kuschelte sich an seine Franziska und schlief wieder ein. Es war schon später Vormittag, als beide beim kargen italienischen Frühstück - Brot, Butter, Marmelade und Kaffee - feststellten, dass sie die einzigen Hotelgäste waren. Wer will auch bei diesem Wetter Pompeji anschauen, fragte sich Felix und animierte Franziska, wieder mit ihm ins Bett zu gehen. Es hatte viel in ihren Koffer hineingepasst, sogar die Walking-Stöcke waren dabei, aber an einen Schirm hatten sie nicht gedacht.

Als es um die Mittagszeit aufhörte zu regnen, verstaute Franziska höchst optimistisch den am Vorabend eingekauften Proviant in ihrem Rucksack.

„Ich habe Wein, Weißbrot, Käse und Obst eingepackt", zählte sie auf. „Wir werden ein gemütliches Picknick bei den alten Römern machen!"

Der Ausflug zu den alten Römern gestaltete sich zwar sehr informativ, aber von Gemütlichkeit konnte keine Rede sein. Ein derart eisiger Wind pfiff um die Ecken der fast 2000 Jahre alten Gebäude, dass Franziska Mühe hatte, mit ihren klammen Fingern den Fotoapparat zu bedienen. Und Fotomotive gab es viele auf dem weitläufigen Gelände, mehr als die Hälfte des unter Lavamassen versunkenen Pompeji hatten die Archäologen freigelegt, und ganz besonders beeindruckend fand Felix das Bordell.

„Sieh dir diese Bilder an, da können wir noch etwas lernen", sagte er zu Franziska und studierte die farbigen Fresken, die mehr oder weniger akrobatische Stellungen beim Liebesakt zeigten. „Ob die Betten wohl gemütlich waren?" fügte er mit kritischem Blick auf die steinernen Quader hinzu, die in der Antike offensichtlich als Matratze herhalten mussten.

„Felix, schau dir den Vesuv an!" Der heftige Winterwind hatte die letzten Wolken vertrieben und der Vulkan zeigte sich von oben bis unten schneebedeckt vor einem stahlblauen Himmel. Dieses Bild begeisterte Franziska weit mehr als die akrobatischen Liebeskünste der alten Römer, und nun war sie ihrerseits bemüht, mittels akrobatischer Verrenkungen einen antiken Torbogen mit dem eindrucksvollen Naturschauspiel dahinter in allen erdenklichen Perspektiven abzulichten.

„Ob man auf den Vesuv wohl hoch kann?" überlegte sie, „Schade, das habe ich im Internet nicht nachgeschaut."

Ihre Frage wurde auf dem Rückweg zum Hotel beantwortet, Felix und Franziska lasen ein Plakat, das in mehreren Sprachen einen Ausflug auf den Vulkan versprach. Im Nu war die Tour gebucht und ein Betrag von 80 Euro bezahlt.

Neugierig spähte sie in einen glühend roten Schlund, sah auf brodelnde Lava hinab und spürte, wie der heiß aufsteigende Dampf den Schnee unter ihren Schuhen schmelzen ließ. Sie drohte in den kochenden Kessel hinabzurutschen! In diesem Moment erwachte Franziska mit einem Schrei. Schnell kuschelte sie sich in Felix' Arme, und mit einer Mischung aus Schauder und freudiger Erregung schlummerte sie dem Morgen entgegen.

Der „Englischsprachige Guide", der sie in einem kleinen zerbeulten Fiat Richtung Gipfel chauffierte, wurde seinem Titel dadurch gerecht, dass er sein flottes Italienisch hier und da mit *you see, nice* oder *very good* würzte. Franziska, dank Volkshochschule im Spanischen einigermaßen sattelfest, versuchte eine Konversation in dieser schönen Sprache. Was zur Folge hatte, dass der temperamentvolle Italiener mit beiden Armen weit ausholte, die zugegebenermaßen wirklich grandiose Aussicht über Meer und Inseln umfasste und empört ausrief: „*O mia bella Italia!*" Dann schaffte er es gerade noch, den Wagen, der in den Abgrund zu schießen drohte, zurück auf die Straße zu lenken. Erschrocken versank Franziska in ein für sie höchst ungewöhnliches Schweigen.

Halb war der Vesuv erklommen, als der Ausflug am Ende einer Autoschlange abrupt endete. Der Fahrer stieg aus, kam zurück, wendete den Wagen und erzählte etwas von *chiuso* und *ghiaccio*, und auch ohne Italienisch zu verstehen war klar, dass die Straße wegen Eis und Schnee gesperrt war.

Zurück in der *Agenzia*, wo sie die Tour gebucht hatten, hofften Felix und Franziska auf eine Erstattung der gezahlten 80 Euro. Doch die englischen und deutschen Sprachkenntnisse der hübschen jungen Dame hinter dem Tresen versiegten schlagartig, als sie dieses Ansinnen vorbrachten. Entschlossen setzte sich der enttäuschte Felix in einen Sessel und drohte mit Sitz- und Hungerstreik. Franziska schloss sich ihm an, und zwei Stunden später, nachdem sie etliche Kunden hatten kommen und gehen sehen, zeigte die Aktion Wirkung. Sie bekamen 80 Euro in die Hand gedrückt und drehten Pompeji den Rücken.

Am Bahnhof erstanden sie für wenige Euros Fahrkarten, die drei Stunden lang Gültigkeit hatten. Diese Zeit reichte aus, um mit dem Zug nach Salerno und von dort mit dem Bus an der Amalfiküste entlang zu fahren. Wenn es ein komfortabler Reisebus gewesen wäre, hätte die Fahrt Spaß gemacht, aber da das Gefährt ganz offensichtlich ein ausrangierter Schulbus war, fürchteten Felix und Franziska in jeder der zahlreichen Kurven um ihr Leben. Die Ausblicke über Meer und Berge boten zwar eine gewisse Entschädigung, dennoch waren beide froh, als Amalfi und damit ihr Etappenziel erreicht war.

Mit einem Seufzer öffnete Franziska die Schlagläden der Balkontür, sank in einen Plastikstuhl und schaute übers Meer. „Felix, komm und sieh dir diese Aussicht

an!" Felix kam, sah, sank in den zweiten Stuhl und landete unsanft auf den Fliesen des winzigen Balkons. Mühsam rappelte er sich hoch, betrachtete die Risse im Boden und meinte: „Vielleicht sollte ich keine Pizza mehr essen, sonst kracht nicht nur der Stuhl sondern der ganze Balkon unter mir zusammen."
„Um Himmels Willen, ich habe einen Riesenhunger, und das Lokal da drüben sieht ganz einladend aus." Franziska deutete in eine schmale Gasse, die sich links vom Hotel bergan zog. Wenig später gab es in dem Lokal „da drüben" nicht nur keine Pizza, es gab überhaupt keine Speisen in der kleinen Bar. Aber der freundliche Wirt servierte ein Bier und empfahl das „Ristorante Duomo" gleich um die Ecke.

Dort glich die Pizzakarte einem Bestseller, und Felix fürchtete, der Abend würde nicht langen, um diesen Wälzer auszulesen. Also fragte er nach einer Alternative - warum sollten die Italiener nicht auch anderes zubereiten können als Pizza und Pasta? - und bekam zu hören: „Isch abe eine Eisenstein fur disch!"
Einen Eisenstein? Zum Essen? Felix war skeptisch und wollte Genaueres wissen.
„*Si, si*, eine Eisenstein. Du mache Fleisch da drauf und dann kannste du essen."
„Ach, Sie meinen einen Heißen Stein?"
„Sage isch doch ganze Zeit, eine Eisenstein!"
Zum Heißen Stein gehörte natürlich ein kühles Bier. Felix orderte die italienische Variante, die ihm schon in dem kleinen Lokal „da drüben" gut geschmeckt hatte. Aber „Isch abe fur disch eine Dabbe von Fasse!" freute

sich der Wirt. Dabbe von Fasse? Ach ja, DAB, Dortmunder Aktien Brauerei!
„*No, no, birra italiana per favore!*" Da es um seinen Durst ging, zeigte Felix erstaunliches Sprachtalent. Als das Getränk serviert wurde, war der Bierdeckel von DAB, das Glas von Krombacher, die Manschette von Veltins, das Bier aber war italienisch.

Da die Villa Rufolo im hochgelegenen Rapallo in Franziskas Reiseführer mit einem ganz besonders dicken Stern gekennzeichnet war, stand das Programm für den nächsten Tag fest. Felix wollte sich erkundigen, wann ein Bus nach Rapallo fuhr, doch Franziska war der Ansicht, die Strecke dorthin könne man auch wandern. „Über die engen Sträßchen?" empörte sich Felix. „Ich will nicht, dass du nach der Wanderung genauso zerbeult aussiehst wie die Autos, die hier fahren!"

Tatsächlich hatte er bisher kaum ein Fahrzeug ohne Schrammen und Dellen ausgemacht. Die Italiener kurvten rasant durch die allesamt überaus schmalen Straßen und verließen sich beim Einparken ganz offensichtlich auf ihr Gehör.

In Sachen Rapallo wurde an der Hotel-Rezeption die gemütliche Mamma Maria befragt, deren gewaltiger Busen die Bluse zu sprengen drohte. Sie erzählte etwas von *scendere*, was *possibile*, und *salire*, was hingegen absolut *impossibile* sei. „*Molti scalini!*" Viele Stufen! Franziska hatte ihr Wörterbuch zu Hilfe geholt und übersetzte, dass Hinabsteigen machbar, Hinaufsteigen der unzähligen Stufen wegen absolut unmöglich sei. Ihr Ehrgeiz war geweckt. Die 350 Meter nach Rapallo hinauf können so schlimm nicht sein, dachte sie, und ein Blick auf die füllige Gestalt der Italienerin bestärkte sie in der Überzeugung, hier ihre Fitness beweisen zu können. Sie ließ sich den Weg erklären, der zunächst durch Atrani führen und dann steil bergan nach Rapallo hochgehen sollte. Weder sie noch Felix sahen die Blicke, die ihnen die kopfschüttelnde Mamma Maria hinterher schickte.

Vom klaren Himmel herunter strahlte die Sonne und ließ den kleinen Ort Atrani weiß aufleuchten, eine Ansammlung von Gebäuden, am Hang hoch übereinander geschachtelt und durch ein Tunnelsystem miteinander verbunden. Treppauf und treppab liefen Felix und Franziska durch dämmriges Gewölbe, ab und zu brach das Sonnenlicht durch einen Spalt zwischen zwei Häusern, um dann wieder von höhlenartigen Gängen verschluckt zu werden, die schließlich auf eine winzige *Piazetta* mündeten, wo sich die erschöpften Wanderer eine erste Pause bei einer *aranciata* gönnten.

Die endlose *scala* - Treppe - begann gleich dahinter. Flott stieg die wieder erholte Franziska bergan, Felix folgte ihr etwas langsamer. Nach einer Viertelstunde hatte er seine schweratmende Frau eingeholt, die auf einer Stufe saß und ihm zwischen zwei Atemstößen versicherte, wie sehr sie die Aussicht aus dieser Höhe genösse. Es sollte noch viel höher gehen, in immer kürzeren Abständen wurden immer längere Pausen eingelegt, bis Felix und Franziska die letzten Stufen hoch wankten, nach Rapallo hinein taumelten und, völlig am Ende ihrer Kräfte, auf eine Bank vor der Kirche sanken.

„350 Meter sind wir hoch gestiegen!" Mit knallroten Wangen und Schweißperlen auf der Stirn strahlte Franziska ihren Felix an. „Jetzt können wir die Villa Rufolo besichtigen." Felix hätte lieber ein Lokal besichtigt, um seinen Durst zu löschen und seinen Hunger zu stillen. Er ließ die Blicke über die kleine Piazza schweifen, die jetzt in der Mittagszeit wie ausgestorben dalag. Die zwei oder drei Etablissements, die leibliches Wohl versprachen, waren ganz offensichtlich *chiuso*, geschlossen. Ihm fiel ein, dass es trotz der vom Himmel scheinenden Sonne immer noch Winter war und daher auch in Süditalien keine Saison für Touristen. Seufzend erhob er sich und sandte die Botschaft an seinen Magen, bis zum Abend warten zu müssen.

Die hoch auf einem Felsvorsprung gelegene Villa Rufolo, vor mehr als hundertzwanzig Jahren für Richard Wagner eine Inspiration zu seiner Oper Parsifal, präsentierte sich als perfekte Symbiose aus Klang, Stein und Gartenkunst mit dem Blick über eine der schönsten Küsten der Welt.

„Zurück nehmen wir den Bus", wagte Felix vorzuschlagen im Gedanken an geschätzte 2000 Stufen, war aber bei seiner Franziska an der falschen Adresse.
 „Wir haben es rauf geschafft, da schaffen wir es erst recht runter!"

„Ich bin geschafft!" protestierte Felix - umsonst.

„Autsch!" Der Schrei weckte ihn am nächsten Morgen. Franziska saß auf der Bettkante und versuchte vergeblich, auf die Füße zu kommen. Muskelkater! Felix sah zu, wie sie sich stöhnend am Nachttisch hochzog und an der Wand entlang ins Bad schlich. Er beschloss, heute im Bett zu bleiben und zog die Decke bis zur Nasenspitze hoch.

„Wir wollen weiter nach Positano!" Ach ja, Sofia Loren wartet, dachte Felix, und im Zeitlupentempo gelang es ihm aufzustehen. Dann stellte die Treppe hinunter zur Rezeption und zum Frühstücksraum ein schier unüberwindliches Hindernis dar, das er und Franziska nur seitlich im Krebsgang bewältigten, indem sie sich, angeklammert ans Geländer, Schritt für Schritt hinunter hangelten.

Auf dem Weg nach Positano fing es an zu nieseln. Als der Bus hielt und alle Fahrgäste ausstiegen, wunderte sich Franziska. Dies sollte das berühmte Positano sein? Die schmale Straße verbreitete sich zu einem Aussichtsplatz, rundherum schimmerten feuchte Felsen und ein dunstiges Meer. Eine junge Italienerin erklärte in erstaunlich gutem Deutsch, dass die Straße für Busse und LKW wegen *caduta di sassi*, Steinschlag, gesperrt sei. Felix und Franziska sahen den Bus wenden und davonfahren und erfuhren, dass sie nun etwa zwei Kilometer laufen müssten, dann würde ein anderer Bus sie abholen und nach Positano bringen.

Am Morgen hatte Felix sich geschworen, nie wieder zu laufen, nun durfte er sich in sein Schicksal ergeben und auch noch einen Koffer hinter sich her ziehen. Ab und zu schickte er einen Blick an der Felswand zu seiner Rechten empor und wartete auf den Stein, der herunterfallen und seinem Elend ein Ende machen würde. Nach gefühlten zwanzig Kilometern funktionierten seine Beine nicht nur immer noch, er musste sich sogar eingestehen, dass die ziehenden Schmerzen fast völlig verschwunden waren.

„Die paar Kilometer hätten wir auch noch laufen können", sagte er zu Franziska, als sie am Hang über Positano nach kurzer Fahrt aus dem Bus stiegen und hinunter blickten. Positano im Regen sah malerischer aus, als irgendein Ort in Italien im Regen eigentlich aussehen dürfte.

Vor dem erstbesten Hotel - dass es tatsächlich eines der besten war, sollten sie noch erfahren - hielten sie und knobelten, wer von ihnen, nass wie sie beide waren, hineingehen und nach einem Zimmer fragen sollte. Felix gewann und schickte Franziska vor. Freudestrahlend holte sie ihn kurz darauf in das luxuriöse Foyer, dessen Boden mit blauen und gelben Fliesen im surrealen Muster belegt war, winkte mit einem Schlüssel am schweren Messingring und schob ihn in einen Aufzug, mit dem sie in den obersten Stock schwebten.

Verschlafen öffnete Felix die Fensterläden und bestaunte ein Panorama, das sich ihm wie eine Theater-

kulisse darbot. In goldener Pracht lag die weite Bucht vor ihm, die Strahlen der Morgensonne ließen das Meer funkeln, und inmitten der farbenfrohen Häuser glänzte eine orientalisch anmutende Kirchenkuppel.
Vor dem Schlafengehen hatte Franziska die an der Zimmertür angebrachte Preisliste studiert und festgestellt, dass sie jetzt, zur Winterzeit, für ein Drittel der in der Saison verlangten 300 Euro übernachteten. Ausgiebig genoss sie nun das großzügige Badezimmer mit Whirlpool und Massagedusche, bediente sich an den bereitliegenden Döschen und Tübchen, shampoonierte, cremte und parfümierte und sagte schließlich zu Felix: „Wir sollten ein paar Tage hier bleiben, überlege mal, wir sparen 200 Euro pro Übernachtung." Felix überlegte. „Wir sollten ganz hier einziehen. Mit dem, was wir im Winter sparen, könnten wir uns den Sommer leisten!"

Positano im Sonnenschein erschien Felix und Franziska schöner als alles, was sie bisher in Italien und im Rest der Welt gesehen hatten. Sie schlenderten durch schmale Gassen an Delikatessenläden vorbei, die den Duft von Knoblauch, Mortadella und Parmesan verströmten, schauten in die Fenster der kleinen, aber exquisiten Restaurants und bewunderten die Auslagen der zahlreichen Nobelboutiquen. Franziska wäre nicht Franziska gewesen, wenn sie an dem überwältigenden Angebot von eleganter Wäsche und ausgefallenen sowie ausnehmend schicken Blusen, Röcken und Pullovern hätte vorbeigehen können. „Felix, schau mal, die Preise hier sind unschlagbar günstig, auch in *Bella Italia* ist Winterschlussverkauf!" Viele Stunden und etliche Boutiquen später schleppte Felix mehrere mit den Namenszügen hochkarätiger Marken beschriftete Tüten den Hang hinauf zum Hotel. Es war ihm ein Rätsel, wie Franziska die Neuerwerbungen im Koffer verstauen wollte. „Kein Problem", meinte sie. „Ich werde einfach zwei meiner alten Pullover hier lassen, und meine dunkelblaue Hose kann ich auch ausrangieren, die Zimmermädchen freuen sich vielleicht darüber."

„Wir können leider nicht länger hier bleiben", bedauerte Franziska am nächsten Morgen und schloss energisch den Reißverschluss des Koffers. „Damian wartet auf uns, ich habe ihm geschrieben, dass wir heute Abend ankommen." Auf der dunkelroten Seidendecke des breiten Bettes hatte sie neben dem Trinkgeld für die Zimmermädchen zwei ihrer Pullover, ihre Jeans und Felix' lange wollene Unterhose drapiert. Damit der Koffer zuging, hatte er letztendlich noch auf dies gemütliche Stück verzichten müssen. „Auf Ischia wird es ganz bestimmt Frühling", wurde er getröstet.

Der Bus in Richtung Sorrent ließ auf sich warten. Franziskas Fotoapparat klickte unentwegt, es war die letzte Chance, Aufnahmen von dem beeindruckenden Panorama der Amalfiküste zu machen. Sie lag gestützt auf Knie und Ellbogen auf dem schmalen Bürgersteig, um die Kuppel der Kirche vor dem blauen Meer perfekt in Szene zu setzen, als lautes Hupen den Bus ankündigte. Schnell richtete sie sich auf, steckte die Kamera in ihre Jackentasche und bestieg mit Felix den Bus. Für die Schönheiten Sorrents blieb keine Zeit, Damian wartete ja auf Ischia. Im Nu saßen Felix und Franziska im Zug zurück nach Neapel, um dort den schon bekannten Parcours durch Tunnel, Bahnhofshalle und am Bauzaun entlang in umgekehrter Richtung zu bewältigen. „Vielleicht sollten wir lieber ein Taxi zum Hafen nehmen", überlegte Felix angesichts der Menschen aus aller Herren Länder, die sich um eine beachtliche Anzahl Busse drängelten. „Dann werden wir möglicherweise entführt und beraubt", fürchtete sich Franziska, „das habe ich im Internet gelesen." Aber welcher war der richtige Bus zum Hafen? *„Porto? Porto?"* fragte Franziska immer wieder und wurde kreuz und quer über den riesigen Platz geschickt, bis sie sich schließlich zusammen mit Felix und dem bis zum Bersten gefüllten Koffer in einen genauso vollen Bus quetschte.

„Wir müssen aufpassen, dass uns hier nichts geklaut wird", sagte Felix und hielt mit beiden Händen den Koffer fest. Franziska versuchte sich in der Enge so zu drehen, dass ihr Rucksack von den laut palavernden Menschen weg zum Fenster zeigte und klammerte sich an Felix, um nur ja nicht vom ihm getrennt zu werden. So schwankten sie durch halb Neapel und waren heilfroh, als sie endlich am Hafen aussteigen und wieder frische Luft atmen konnten.

„Felix, schau mal, dies riesige Schloss! Davon muss ich ein Bild machen." Franziska betrachtete das monumentale Castello Nuovo, ließ den Rucksack vom Rücken gleiten und wühlte nach ihrem Fotoapparat.

„Felix, hast du die Kamera? Hier ist sie nicht." Aber Felix hatte keine Kamera.
„Bist du sicher, dass sie in deinem Rucksack war?"
„Feeelix!" Ein Aufschrei. „Ich habe sie in Positano in meine Jackentasche gesteckt!" Aus ihrer Jackentasche förderte Franziska ein gebrauchtes Taschentuch zu Tage und sonst nichts.

„Der Fotoapparat ist weg!" Tränen glitzerten in ihren Augen. „Unsere schönen Bilder sind weg, Pompeji, Amalfi, die Villa Rufolo, Positano, alles weg." Nun kullerten dicke Tränen ihre Wangen hinunter und Felix nahm sie tröstend in die Arme. „Das ist ein Grund, noch einmal wieder zu kommen", meinte er, aber für Franziska hatte sich der Himmel verdüstert. Auch die rasante Fahrt mit dem Schnellboot hinüber nach Ischia konnte ihre Stimmung nicht aufhellen. Sie grübelte nur darüber nach, wer von den vielen Menschen im Bus nun ihre wunderschönen Aufnahmen betrachten würde. Erst im Hafen von Forio zauberte die Vorfreude auf Damian, auf die Villa mit Pool und Gästehaus ein kleines Lächeln in ihr Gesicht.
„Zur Villa nehmen wir ein Taxi", entschied Felix und manövrierte Koffer und Franziska zum Taxistand. Damian hatte geschrieben, dass jeder in Forio ihn kennen würde.
„Signor Schmitzke", gab Felix daher als Fahrtziel an.
„Signor Schschsch....?"
„Schmitzke", versuchte Felix es noch einmal.
„Schimi...?"

„Ich habe die Adresse", meinte Franziska nervös, fingerte einen Zettel aus dem Seitenfach ihres Rucksacks und hielt ihn dem Taxifahrer vor die Nase.
D. Schmitzke, Forio, Ischia hatte sie sich notiert, mehr nicht. Schließlich war Damian hier bekannt.
„Ski-mi-ti-zike", buchstabierte der Taxifahrer mühsam. Skimitizike? Mit dem rheinländischen Namen, der dazu noch aus einer total unitalienischen Anhäufung von Konsonanten bestand, war der arme Italiener überfordert und konnte ihn nur durch Einschieben mehrerer „i"s bewältigen.
„*Si, si*, Damian Schmitzke", bestätigte Franziska. Sie wollte endlich zur Villa, sie war hungrig, durstig, müde und schlecht gelaunt. Sie wollte etwas essen, etwas trinken, sie wollte ein Bett und sie wollte ihren Fotoapparat wieder haben. Dass letzteres ein vergeblicher Wunsch war, ließ sie noch ungehaltener werden.
„Damian Schmitzke!" intonierte sie in einer Lautstärke, die den Taxifahrer zusammenzucken ließ. Doch dann ging ein Leuchten über sein Gesicht.
„Signor Damiano! *Si, andiamo!*" Er drückte aufs Gaspedal, schoss um die Kurve und hielt Minuten später vor einem oberhalb von Forio am Hang des Epomeo gelegenen Haus. Froh, endlich angekommen zu sein, bezahlte Felix den völlig überhöhten Fahrpreis von 20 Euro, nahm Franziska an die eine und den Koffer an die andere Hand und staunte. Sie standen vor einer hohen Mauer, ein kunstvoll geschmiedetes Gittertor gab den Blick frei auf eine weiße Villa mit einer prachtvoll geschnitzten Eingangstür, neben der etwas in bunten Farben schimmerte, das aussah wie ein antikes Kirchenfenster. Was es tatsächlich auch war,

wie sie wenig später feststellten, als sie von Tonino, dem Hausfaktotum, durch die mit rosafarbenem Marmor ausgelegte Eingangshalle und ein mit bombastischen chinesischen Schränken möbliertes Wohnzimmer hinaus auf die Terrasse geführt wurden. Dort saß ein zierlicher weißhaariger alter Mann an einem Tisch zusammen mit einem älteren Paar beim Abendessen. Der zierliche Weißhaarige sprang behände auf, als er sie erblickte, und rief nach einem Moment des Erkennens erstaunt aus: „Franziska, mein liebes Kind, mit dir habe ich erst nächste Woche gerechnet!"

Schnell wurde klar, dass Damian sich im Datum vertan hatte. In seinem Gästehaus residierten alte Freunde aus Hamburg, und die würden auch noch eine Woche bleiben. Selbstverständlich schob Damian die Schuld an dem Missgeschick auf Franziska, die den Tränen nahe wie ein Häufchen Unglück auf einer Gartenbank hockte und in den Sonnenuntergang blinzelte. Tonino wusste Rat. „Du schlafe bei Beppo, Beppo atte eine *appartamento*." Und er wies ihnen die Richtung: „Diese *strada* bis zu die Ecke mit die alte Schild, dann *sinistra*, linkse."

Felix, Franziska und ihr Koffer machten sich auf den Weg. Die Straße zog sich am Hang entlang und verlor sich in der Ferne. Sie kamen immer wieder an aufwändig gebauten Villen vorbei, zwischen denen sich halbfertige oder schon wieder verfallene Häuser tummelten. Eine Ecke mit einem alten Schild war auch nach einer halben Stunde nicht in Sicht. Und es würde bald dunkel sein!

„Felix!" Mit dem Aufleuchten der ersten Laternen in der Dämmerung war auch Franziska ein Licht aufgegangen. „Die Italiener können kein „H" aussprechen. Tonino hat nicht die Ecke mit dem alten Schild sondern die Hecke mit dem Halteschild gemeint." Felix erinnerte sich schwach, kurz nach dem Abmarsch von Damians Villa an einer riesigen Tamariskenhecke vorbeigekommen zu sein. Ob es da ein Halteschild gegeben hatte? „Versuch macht klug", sagte er zu Franziska und legte mitsamt Koffer eine rasante Kehrtwendung hin. Tatsächlich fand sich die Hecke, es fand sich eine Bushaltestelle davor, und gegenüber, auf der anderen Straßenseite, ein Schild im Fenster *„affittasi"*, zu vermieten. Beppo, ein fülliger Italiener in löchrigem T-Shirt und ausgefransten Jeans, pries das *appartamento* an: „Schöne Zimmer, schöne Aussesichte!" Franziska schnappte nach Luft. Es roch muffig, die Bettdecke war schmuddelig, die Kühlschranktür wurde mittels eines davor gestellten Stuhls geschlossen, und der kleine Balkon, soviel war auch im Dunkeln zu erkennen, ging auf einen unfertigen Garten hinaus, in dem Müll gelagert wurde.

„Hier schlafe ich nie und nimmer. Felix, ich will nach Hause!" Eine heftige Sehnsucht nach ihrem schönen gemütlichen Heim im fernen Kiel hatte Franziska gepackt. „Felix, was machen wir jetzt?" Felix zeigte sich in dieser Krisensituation als Herr der Lage und erkundigte sich bei Beppo nach einem *albergo*, einem Hotel. Der empfahl ihnen das „Grande Celia", der Bus zurück in den Ort würde gleich gegenüber abfahren. Im

Gedanken an den Taxipreis, den er bezahlt hatte, um hierhin zu kommen, war Felix mit der Busfahrt sofort einverstanden. Es dauerte auch nur eine knappe dreiviertel Stunde, bis der Bus kam. Felix fragte nach einem *biglietto*, Fahrschein, und bekam als Antwort zu hören: „*Finito*", ausgegangen! Was das Taxi in wenigen Minuten geschafft hatte, zog sich nun in die Länge, der Bus kreuzte ausgiebig durch Forio, bis er endlich am Hafen hielt. Wo es am Nachmittag vor Menschen nur so gewimmelt hatte, lag nun alles wie ausgestorben in der Dunkelheit. Felix schnappte sich seine Franziska und den Koffer, machte sich auf die Suche nach dem „Grande Celia", und tatsächlich, im Schein des Vollmonds, der mittlerweile aufgegangen war, sah er die gesuchten Buchstaben hoch oben auf einem langgestreckten Gebäude leuchten. Der Rest war dunkel. Wie so einiges in Italien zur Winterzeit hatte auch dieses Hotel geschlossen. Was nun? Franziska sank auf eine der Bänke, die an der Hafenpromenade aufgestellt waren, und weigerte sich, auch nur noch einen einzigen Schritt zu tun. „Ich bin müde, mir ist kalt, ich will nach Hause. Ich warte hier, bis morgen früh ein Schiff abfährt!"

Felix dachte an seine warme wollene Unterhose, die als Souvenir für die Zimmermädchen in Positano geblieben war. Nein, ohne seine lange Unterhose würde er ganz gewiss nicht auf der Bank übernachten und frieren. Er schaute in eine der Gassen, die vom Hafen abgingen, und sah einen Lichtschimmer. Nur ungern ließ er Franziska und Koffer zurück, aber er machte sich auf den Weg und fand die „Villa Luisa". Ein Hotel, ein geöffnetes Hotel, es gab sogar ein Zimmer mit Bad und Heizung! Schnell holte er Franziska mitsamt Koffer ab, sie bezogen ein sauberes Zimmer, und Mamma Luisa, die das Haus führte, servierte ihnen trotz der späten Stunde noch eine Flasche Wein und einen Schinken-Käse-Toast, den sie *Zingara* nannte.

Als die Sonne über dem Epomeo aufging und Franziskas verwuschelte blonde Locken in goldenes Licht tauchte, erwachte sie, reckte sich, sah aus dem Fenster und hatte ihren Vorsatz, schnellstmöglich nach Hause zu wollen, vergessen.

„Felix, schau mal!" Und Felix schaute. Er betrachtete den Epomeo, der sich fast 800 Meter hoch in den blauen Himmel reckte und den zu besteigen auf Franziskas Prioritätenliste ganz oben stand. Im Antiquariat auf der Holtenauer Straße in Kiel hatte sie den „Wanderführer Ischia" erstanden, in dem sie nun blätterte. „Viele Wege führen auf den Epomeo hinauf, aber für den Anfang sollten wir heute eine einfache Tour machen", meinte sie. Felix dachte an seinen gerade erst vergangenen Muskelkater und war erleichtert.

In den nächsten Tagen eroberten Felix und Franziska nach und nach die Insel. Der Wanderführer aus dem Antiquariat stellte sich dabei als wirklich antiquarisch heraus, viele Wege gab es nicht mehr, sie waren zugebaut oder zugewachsen. Wegweiser waren Raritäten, die mit Sicherheit in die Irre führten. Wenn es trotzdem gelang, einen Berg oder Hügel zu besteigen, war die im Wanderführer angepriesene Einkehrmöglichkeit nur noch als Ruine vorhanden und die Aussicht von hochgewachsenen Bäumen versperrt. Der Epomeo endlich überraschte mit einem *ristorante*, das komplett in die Spitze des Berges hineingebaut war und dessen Fenster Felix und Franziska einen Rundblick bis hin zum immer noch schneebedeckten Vesuv und zur Insel Capri ermöglichten.

„Nach Capri fahren wir morgen!" beschloss Franziska und brachte nach dem langen Abstieg noch die Energie auf, im *supermercado* Proviant einzukaufen. Mit vollgepacktem Rucksack, auch der neue Badeanzug war dabei, fuhren Felix und Franziska früh am nächsten Morgen von Forio quer über die Insel nach Ischia Porto. Und damit war der Ausflug erst einmal beendet. Ein Aushang am Fahrkartenschalter lud alle *turisti* in drei Sprachen ein, sich nach Ostern allmorgendlich zur Abfahrt nach Capri einzufinden. Da es bis Ostern noch eine Weile dauern würde, fuhren Felix und Franziska anstatt mit dem Schiff nach Capri nun mit dem Bus zum Marontistrand, wo sie den Sand dank der darunter liegenden heißen Quellen dampfen sahen und aufpassen mussten, sich nicht die nackten Füße zu verbrennen. Die Sonne schien warm und übermütig stürzten sich beide ins Meer. „Es ist tatsächlich nur unwesentlich kälter als die Ostsee im Sommer", konstatierte Felix, als er nach drei Schwimmzügen bibbernd herauskam und sich eiligst in ein dickes Handtuch wickelte. Abends verwöhnte sie Mamma Luisa mit italienischer Küche, es gab Pasta, Pizza und Pesce in allen erdenklichen Variationen, und sogar ein passables Pfeffersteak für Felix brachte sie zustande.

Da es beschlossene Sache war, nach einer Woche in Damians Gästehaus umzuziehen - „Auch wenn es hier nicht teuer ist, Damian hat uns schließlich eingeladen", sagte Franziska - verließen sie die Villa Luisa mit etwas Wehmut. Mamma Luisa besorgte ihnen das Taxi zu „Signor Damiano" und handelte sogar einen akzeptablen Fahrpreis aus. Sie wurden von Tonino empfangen und anschließend von Damian durch das prachtvolle Haus geführt. Ein wenig abseits im parkähnlich angelegten Garten, wo in allen Farben blühende Büsche und riesige Kakteen malerisch um ein mit Thermalwasser gefülltes Becken gruppiert waren, lag das Gästehaus. Ein Schlafzimmer mit riesigem Messingbett, ein mit schwarzem Granit vertäfeltes Bad und eine Mini-Küche.

„Jetzt im Winter nehme ich normalerweise 90 Euro für die Übernachtung, aber euch lasse ich das Haus für 80 Euro. Franziska, du bist schließlich die Tochter meiner guten alten Freundin Friederike. Im Kühlschrank findet ihr Wein, Bier und Mineralwasser, die Preisliste hängt an der Seite. Wenn ihr mit mir essen wollt, sagt rechtzeitig Bescheid, dann kocht Filina entsprechend mehr. Pro Essen berechne ich zehn Euro. So, nun packt euren Koffer aus!" Damian drehte sich um und verschwand. Franziska sank verblüfft auf das weiche Bett. Ihr fehlten die Worte.

„Bei Mamma Luisa war es günstiger", sagte Felix. „Hatte Damian uns nicht eingeladen?"

„Er hat geschrieben, dass er uns sein Gästehaus überlässt", erinnerte sich Franziska. „Aber er hat nicht geschrieben, dass er es uns umsonst überlässt."
„Du hast mir erzählt, Damian wäre früher ein gewiefter Geschäftsmann gewesen, daran hat sich offensichtlich nichts geändert. Was machen wir jetzt?"
„In den sauren Apfel beißen. Wir werden ihm wohl bezahlen müssen, was er haben möchte."
„Wahrscheinlich nimmt er noch zehn Euro für jedes Bad im Thermalbecken", fürchtete Felix, den es durchaus nach einem Bad im warmen Wasser gelüstete. Seine vom Wandern arg geplagten Muskeln und Gelenke würden es ihm danken!

Es sollte sich herausstellen, dass das Baden im Pool inklusive war, und so genossen Felix und Franziska eine Woche den Luxus des üppigen Anwesens, ließen sich von Filina hervorragend bekochen und hatten letztendlich Spaß an den Unterhaltungen mit Damian, den sie als kunstbeflissenen Feingeist kennen lernten, und der ihnen viel über die Insel Ischia und die Geschichte Italiens erzählen konnte. Als sie feststellten, dass sie sich in die Insel verliebt hatten, war der Tag der Abreise gekommen. Mit unendlich vielen Bildern im Herzen anstatt im Fotoapparat und dem Versprechen wiederzukommen verließen sie Damian mitsamt Villa, Gästehaus und Pool. Auch in Kiel schien die Sonne von einem klaren Himmel, statt blühender Sträucher reckten sich hier allerdings noch kahle Zweige in den frischen Wind.

Unter dem Vordach fand Franziska in ihrem Hauseingang ein großes Paket. „Aus Italien", staunte sie und entzifferte als Absender ein Hotel in Positano. Wenig später packte sie zwei Pullover, ihre Jeans und Felix' warme, wollene Unterhose aus.

Felix und Franziska im Serengeti-Park

Franziska liebte nicht nur Enten, sie liebte auch Elefanten. Als sie in den „Holsteiner Nachrichten" las, dass im nahen Dänemark ein Serengeti-Park eröffnet hatte, mit echten Elefanten, Zebras und Giraffen, griff sie unverzüglich zum Telefon, um mit ihrer Freundin Julia einen Safari-Termin zu verabreden. Nein, diesmal sollten Peter und Julia ihr Auto in der Garage stehen lassen, hatte Felix doch erst vorgestern in der Eckernförder Straße einen nagelneuen Kleinwagen abgeholt, der von Franziska spontan auf den Namen „Jumbo" getauft worden war. Was lag also näher, als mit „Jumbo" eine Jungfernfahrt in den Serengeti-Park zu machen!

Ein bisschen eng war es, aber ganz kuschelig, als Franziska und Julia es sich auf „Jumbos" Rücksitzen gemütlich machten, während vorne Felix lenkte und Peter navigierte. Die dänische Grenze hinter Flensburg war schnell erreicht, aber dann zeigte sich das kleine Ländchen Dänemark weit größer als gedacht. Franziska und Julia hatten gerade die dritte Packung Schokoladenkekse mit Eierliköraroma angebrochen, als ein riesengroßes schwarz-weiß gestreiftes Schild verkündete, dass ihr Ziel endlich erreicht sei.

„Afrika, wir kommen!" jubelte Franziska, und strahlte mit der Sonne um die Wette. Selbst die horrenden

Eintrittspreise in den Park konnten ihre Mine nur ganz kurzfristig verdüstern.

„Lassen Ssie die Fensster ssu!" war ihnen von dem dänischen Parkwächter an der Kasse beschieden worden, aber angesichts des ersten Elefanten, den Franziska zwischen lichten Birkenstämmen entdeckte, konnte sie nicht anders. Sie öffnete das Seitenfenster einen Spalt und warf dem gewaltigen Tier einen Schokoladenkeks zu. Der Dickhäuter stapfte näher heran, nahm mit elegantem Schwung seines Rüssels den Keks auf, beförderte ihn in sein Maul und trompetete dann genüsslich.

„Schaut nur, wie niedlich!" Franziska war entzückt. Das Fenster wurde weiter geöffnet, der nächste Keks landete im hohen Gras neben der sandigen Piste. Der Elefant schleckte und trompetete, und Franziska bat Felix, der ohnehin ganz langsam fuhr, das Auto anzuhalten. Nun reckte sie mutig den Arm aus dem Fenster, mit einem Schokoladenkeks auf der flachen Handfläche.

„So haben wir es in Hamburg in Hagenbecks Tierpark mit Euro-Münzen gemacht", erklärte sie Julia und Peter. „Die Elefanten nahmen mit dem Rüssel die Münzen von der Hand und steckten sie ihrem Wärter in die Hosentasche."
„Ich sehe hier keinen Wärter mit Schokokeksen in der Hosentasche", kicherte Julia, während der Elefant den Keks ganz vorsichtig von Franziskas Hand nahm.

„Siehst du!" triumphierte Franziska und griff wieder in die Packung. Doch der Elefant war schneller. Ein dicker grauer und borstiger, nun ganz und gar nicht mehr niedlicher Rüssel schob sich durch das geöffnete Fenster ins Wageninnere.

„Iiiihh!" Julia schrie und machte sich in der Enge auf den Rücksitzen so klein wie möglich, Franziska drückte beherzt auf den Fensterheber. Die Keksschachtel wurde zerfetzt, Schokolade krümelte über Jeans und Polster, der Elefant wollte sich seine Beute einverleiben, aber da hatte der Fensterheber schon ganze Arbeit geleistet und den Rüssel eingeklemmt. Der Elefant prustete, ein Regen von zermatschten Keksen ergoss sich über Franziska und Julia, überstürzt startete Felix den Wagen und fuhr los. Es gab einen Ruck, einen donnernden Schlag, die schreckensbleiche Franziska öffnete rasch das Fenster, und unter nun nicht mehr genüsslichem sondern empörtem Trompeten stob der Elefant mit dröhnendem Stampfen davon.

„Unser Auto!" Auch Felix war empört. „Unser neues Auto hat garantiert eine riesengroße Beule!" Er steuerte eiligst den Ausgang des Serengeti-Parks an.

„Wir haben noch keine Zebras und keine Giraffen gesehen," protestierte Franziska, aber mit Felix war nicht mehr zu reden, von Afrika hatte er genug. Nie wieder Safari! Kaum hatte er den Park verlassen, stieg er aus, um den Schaden zu betrachten. Tatsächlich, der Elefant hatte in seiner Panik eine tiefe Delle in die linke Seite des neuen Autos getreten. Ein Parkwärter im

schwarzweiß gestreiften Overall kam aus dem schwarzweiß gestreiften Kassenhäuschen und meinte:
„Ssöne Sseisse! Ssie ssollten die Fensster ssu lasse! Iss hab Ssie gessehe, Füttern iss nisst gesstattet!"

Felix leise Hoffnung auf Regressforderung an den Serengeti-Park zerstob. Die Rückfahrt nach Kiel verlief schweigend.

„Im Nahkampf Jumbo gegen Jumbo war der echte Jumbo *ssweifellos* überlegen!" hatte Peter noch einen Witz versucht, aber Humor war für heute an Felix und Franziska verschwendet. Franziska dachte an die Arbeit, die sie haben würde, um die schokoladenverschmierten Rücksitze zu reinigen, Felix dachte an die Euros, die es kosten würde, den Schaden zu reparieren.

Am Abend ertränkte Felix seinen Kummer in Bier und Köm. Als Franziska ihn im weichen Bett tröstend in die Arme nahm, konnte er ihr zwar nicht mehr böse sein, aber sein Stimmungsbarometer zeigte immer noch weit in Richtung Sturm.

Schimpfend auf alle Elefanten dieser Welt und speziell auf die in Dänemark stieg Felix am nächsten Morgen in sein zerbeultes Auto und machte sich auf den Weg zur Werkstatt. Er hatte die Eckernförder Straße schon fast erreicht, als er vor einer roten Ampel halten musste. „Nie wieder Alkohol" tönte der Song der Band *Illegal 2001* aus dem Radio, und Felix spürte, dass auch sein Kopf noch nicht wieder richtig klar war. Es dröhnte leise hinter seiner hohen Stirn. „Nie wieder Alkohol" wäre zu hart, aber heute, und auch morgen...

Rumms! Es krachte gewaltig, das Auto machte einen Satz nach vorn und Felix' Kopf schlug hart gegen die Nackenstütze. Entsetzt schaute er auf die Ampel, die in diesem Moment auf Gelb und dann auf Grün sprang. Unfähig sich zu rühren, saß Felix da und überlegte, was passiert sein könnte. War etwa ein Elefant hinter ihm her? Etwas klopfte gegen die Scheibe. Nein, das war kein Elefantenrüssel, sondern ein ganz normaler Mensch aus Fleisch und Blut.

„Geht es Ihnen gut?" fragte eine Stimme, und „Ich bin aus lauter Unachtsamkeit auf Sie aufgefahren", fuhr der junge Mann fort. Felix sortierte seine Glieder und schaffte es auszusteigen. Er hörte sich eine wortreiche Entschuldigung an und betrachtete traurig das demolierte Heck seines Wagens. Auch das noch, Felix im Pech! Aber der Unfallhergang war klar, die Schuldfrage eindeutig, der Jüngling kramte in seinem Auto nach Zettel und Stift, um Namen und Daten aufschreiben zu können. Da näherte sich, von Unfallzeugen herbei telefoniert, mit lautem Tatütata ein Polizeifahrzeug. Die beiden freundlichen Polizisten hatten wenig Arbeit, es gab keinen Streit, die demolierte Stoßstange und der Schaden an Felix' Kofferraum würden auf Versicherungskosten repariert werden.

„Wie ist denn die Beule in Ihre Seitentür gekommen?" wollte einer der Polizisten wissen, als er sich von Felix verabschiedete.

„Da hat ein Elefant reingetreten", antwortete dieser.
„Wie bitte? Sie machen Witze!"
„Doch, das war ein Elefant."
Stirnrunzelnd und ungläubig musterte der Polizist Felix von oben bis unten.
„Haben Sie Alkohol getrunken?"
„Am frühen Morgen? Natürlich nicht!"
Der Polizist sprach kurz mit seinem Kollegen, wickelte dann ein Promillemessgerät aus der Zellophanhülle und wandte sich wieder an Felix: „Bitte einmal kräftig pusten!"

Kräftig pusten, dazu sah Felix sich nicht in der Lage, aber da Widerstand gegen die Staatsgewalt bekanntermaßen zwecklos ist, gab er sich alle Mühe, es richtig zu machen.
„Sie haben doch schon etwas getrunken!"
Felix war erschüttert. Im Polizeiwagen durfte er dann sein mitleiderregendes Erlebnis „Jumbo gegen Jumbo" ausführlich schildern. Aber alles Mitleid seitens der Polizisten nutzte nichts, „Restalkohol" hin oder her, eine Strafe in Form von Punkten in Flensburgs Verkehrssünderkartei und ein Monat Fahrverbot würden auf Felix zukommen!

Franziska sah die ganze Sache pragmatisch.
„Wenn du einen Monat nicht Auto fahren darfst", meinte sie zu ihrem Felix, „ist das doch gar nicht so schlimm. Lass uns überlegen, wo wir in der Zeit Urlaub machen. Was hältst du von einer Safari in Afrika?"

Felix und Franziska reisen um die Welt

Der Lottogewinn

Felix hatte im Lotto gewonnen!
Lotto spielte Felix seit er seine Franziska geheiratet hatte, und stets die gleichen Zahlen.
„Wenn der liebe Gott will, dass ich reich werde, muss ich Lotto spielen", hatte er damals gemeint, „mit meiner Arbeit im Büro werde ich es niemals schaffen!"
Aus seinem und Franziskas Geburtstag hatte Felix unter Einbeziehung des Hochzeitsdatums ein Zahlensystem entwickelt, das zumindest den Vorteil hatte, ihn regelmäßig an diese wichtigen Jahrestage zu erinnern, und das nach der Geburt der Kinder Florian und Frauke entsprechend erweitert wurde. Die Erinnerung an die Geburtstage seiner Kinder war ihm die Kostensteigerung wert, und als irgendwann gegen Ende des zwanzigsten Jahrhunderts das Lottospielen vereinfacht wurde und statt Zettel ausfüllen und abgeben nur noch die Abbuchung vom Konto erfolgte, waren Felix seine Zahlenreihen so in Fleisch und Blut übergegangen, dass er sie nie, aber auch wirklich niemals vergessen würde.
Ebendies hinderte ihn daran, das Lottospiel aufzugeben, obwohl Franziska ihm dann und wann vorrechnete, wie viel er in Jahren, gar Jahrzehnten, in dieses spezielle Hobby investiert hatte, das ihm gelegentlich einen „Dreier", aber in all der Zeit noch nicht einmal einen „Vierer" beschert hatte.
„Stell dir vor," sagte Felix zu Franziska, „ich würde aufhören, Lotto zu spielen. Und dann sehe ich in den

Samstagabend-Nachrichten im Fernsehen meine Zahlen..." Franziska verzichtete gern auf die Vorstellung, ihren Felix mit einem Herzinfarkt oder Schlimmerem, sofern es überhaupt Schlimmeres als einen Herzinfarkt gab, vor dem Fernseher zusammenbrechen zu sehen, während „seine" Zahlen, die nun nicht mehr seine Zahlen wären, über den Bildschirm flimmerten. Und Millionen Euros wären ihm entgangen, weil sie, Franziska, das wöchentliche Lottogeld für ihren Frisör ausgegeben hätte. Nein, da würde sie lieber mit grauen Haaren herumlaufen! Franziska griff in ihre blonden Locken und dankte dem lieben Gott, dass er ihnen beiden, wenn schon nicht den großen Reichtum, so doch immerhin genügend Rente für ein angenehmes Leben beschert hatte. Mit grauen Haaren musste sie sich trotz Lotto nicht abfinden.

Und nun hatte Felix tatsächlich gewonnen! Fünf Richtige mit Zusatzzahl! Felix und Franziska waren am Samstagabend vom Kino nach Hause gekommen, hatten sich eine Flasche Chianti gegönnt, und als Franziska die Weingläser in die Küche trug, schaltete Felix den Fernseher für die Spätnachrichten an. „Franziiiska" skandierte er so laut, dass diese vor Schreck beinahe die Gläser fallen gelassen hätte und zurück ins Wohnzimmer eilte.
„Wir haben gewonnen!" jubelte Felix, umarmte Franziska, wollte sie hoch in die Luft wirbeln vor Freude und landete stattdessen unsanft mit ihr auf dem Teppich.
„Autsch!" Felix rieb sich den verlängerten Rücken, rappelte sich hoch und half Franziska auf die Beine.

Dann wurde eine Flasche Champagner entkorkt, es wurden Pläne geschmiedet und Luftschlösser gebaut, bis Franziska auf dem Sofa die Augen zufielen.

Sie träumte von Ziffern, die sich zu immer neuen Folgen und Reihen formten, von Zahlen, die vor der Unendlichkeit nicht halt machten, sie sah sich in Münzen baden wie Dagobert Duck, und als sie am späten Vormittag erwachte, meinte sie, die Euro-Zeichen müssten ihr aus den Augen leuchten. Felix hatte es geschafft, mehr als drei Jahrzehnte Lottospiel hatten sich nun doch gelohnt!

Es war nicht immer einfach gewesen, schließlich musste der Lottoschein regelmäßig spätestens am Freitagabend abgegeben werden. Und der sonst so ruhige, besonnene und vernünftige Felix war nicht wiederzuerkennen, wenn es um sein Lottospiel ging. Hilfreiche Nachbarn oder Freunde wurden für die Urlaubszeit engagiert, und Felix hatte unter südlicher Sonne manch unruhige Nacht verbracht bei dem Gedanken daran, ob auf die Nachbarn oder Freunde auch wirklich Verlass wäre. Franziska hatte ihm nie erzählt, dass ihre Freundin Julia ihr einmal das von Felix vorgestreckte Lottogeld zurückgegeben hatte. „Peter bekam eine schlimme Grippe", war die schuldbewusste Erklärung gewesen, „ich musste freitags noch den Arzt holen und habe den Lottozettel völlig vergessen." Franziska dankte dem Himmel, dass von Felix' Zahlen keine gezogen worden war.

Einmal war Franziska mit Felix vor vielen Jahren samstags früh nach Hannover gefahren. Dort in der Lottozentrale bestand die Möglichkeit, den vergessenen Lottoschein noch bis Samstagmittag abzugeben. Eine halsbrecherische Tour war es gewesen, Franziska dachte daran, wie Felix mit Tempo 180 über die Autobahn gejagt war, um rechtzeitig in Hannover zu sein. Ein Stau am Maschener Kreuz hatte schon fast alle Hoffnungen zunichte gemacht, aber dann hatte Felix es doch noch in letzter Minute geschafft, seinen Schein abzugeben.

„Fanatiker wie Sie gibt es nur ganz wenige", hatte der Mitarbeiter in der Zentrale damals gemeint, und die Belohnung für all die Aufregung waren immerhin „Drei Richtige" gewesen. Franziska verzichtete darauf, die paar Mark, die es damals für den Dreier gab, gegen die Spritkosten für rund 500 Kilometer aufzurechnen.

Mit Schrecken dachte Franziska an die Ferien zurück, die sie und Felix mit ihren Kindern Florian und Frauke auf der schönen Insel Föhr verbracht hatten. Sie erinnerte sich noch gut an den Freitagnachmittag, an dem Felix seinen Lottoschein abgeben wollte. Hier auf Föhr sei freitags schon am Mittag Annahmeschluss, wurde ihm erklärt, das läge an den Fährverbindungen zum Festland. Felix war in heller Aufregung! Warum hatte er den Schein nicht bereits gestern, oder noch besser vorgestern abgegeben? Die Kinder waren schuld, die wollten erst baden, dann Eis essen, schließlich eine Sandburg bauen, und das alles, während Franziska genüsslich im Strandkorb sonnte! Warum hatte sie nicht an den Lottoschein gedacht? Zeit genug hätte sie gehabt! Ein Hagel von Vorwürfen war auf die Familienmitglieder geprasselt, und Felix erwog ernsthaft, am nächsten Morgen die erste Fähre nach Dagebüll zu nehmen, um dann mit dem Auto nach Hannover zu fahren. Es könnte klappen, er könnte rechtzeitig in Hannover sein, um seinen Lottoschein dort abzugeben. Nur mit Mühe war es Franziska gelungen, Felix von diesem Unternehmen abzuhalten. Sie redete mit Engelszungen, allein wollte sie keinesfalls mit den Kindern auf der Insel bleiben, während Felix auf der Autobahn sein Leben riskierte! Schließlich gab Felix nach, aber eine schlaflose Nacht und ein grauenhafter Tag waren die Folge. Schon früh am Samstagmorgen lief Felix am Strand entlang, der sich endlos weit den Nordseewellen entgegenstreckte, er lief und lief und lief, nichts als seine Zahlenreihen im Kopf und die Angst, ein Millionengewinn könnte ihm entgangen sein. Mittags weigerte er sich, etwas zu essen, und Franziskas Hinweis, dass sie schließlich auch ohne Lotto-Millionen ein durchaus angenehmes und zufriedenes Leben führten, konnte ihn nicht im geringsten aufmuntern. Am Nachmittag nahm er seinen Strandlauf wieder auf, bis er gegen Abend angespannt vor dem Fernsehgerät hockte, um die Ziehung der Lottozahlen zu verfolgen. Franziska schickte ein Stoßgebet zum Himmel in der Hoffnung auf Zahlen, die weit ab von allen Geburts- und Hochzeitsdaten lägen. Dann die quälend langen Sekunden, oder waren es Minuten, bis eine Zahl nach der anderen auf dem Bildschirm erschien. Felix' Mine hellte sich zusehends auf. Nichts, aber auch gar nichts! Nicht eine einzige seiner Zahlen war gekommen! Ein Strahlen glitt über sein Gesicht, erleichtert umarmte er Franziska und spendierte seiner Familie ein fulminantes Abendessen und eine Flasche Sekt im Strandhotel. Sogar die Kinder durften mit einem Schluck Sekt auf Felix' - ja was war es denn? - „Nicht-Gewinn" anstoßen. Franziska war überzeugt, dass es noch niemals einen Menschen gegeben hatte, der so glücklich über Lottozahlen gewesen war, die allesamt die falschen waren.

Aber schließlich und endlich hatte es geklappt. Fünf Richtige mit Zusatzzahl!

Eine Reise sollte es sein, eine richtig große Reise. Franziska schaute auf ihren alten Globus und überlegte, wo sie und Felix schon überall gewesen waren. Wenn sie die Karibik vernachlässigte, war ihr Aktionsradius nicht mehr als zwei Daumen breit. Der Globus wurde nach rechts und nach links gedreht, Franziska staunte, wie klein Europa im Verhältnis zum Rest der Welt erschien, und während sie ihren rechten Zeigefinger auf Schleswig-Holstein gepresst hielt - wobei sie den gesamten Nord- und Ostseebereich abdeckte -, ließ sie den Finger der anderen Hand um die bunte Kugel wandern, bis ihre Finger sich gegenüberstanden. Franziska entdeckte ein paar winzige Punkte inmitten eines riesigen Ozeans, dessen Blau die halbe Erdkugel einnahm.
„Weiter können wir nicht reisen!" entschied sie und entzifferte mit Mühe: „Gesellschaftsinseln".

Tahiti! Blutrote Sonne, die am lauen Abend hinter Palmen versinkt. Hinter Palmen, die sich im Wind wiegen, während sanfte Wellen an den Strand plätschern. Samtäugige braune Mädchen mit leuchtenden Tiare-Blüten im flatternden Haar singen Aloa ohe und schauen den jungen Burschen zu, die ihre mit reichem Fang beladenen Kanus auf den Strand schieben. Tahiti, eine Insel irgendwo im weiten Meer, eine Insel der Glückseligkeit. Als junges Mädchen hatte Franziska viele Südsee-Romane gelesen. Wenn in den langen Schleswig-Holsteinischen Wintern der kalte Wind durch die Straßen pfiff, dann hatte sie sich mit einem Buch in ihrem Zimmer verkrochen, die graue ungemütliche Welt um sich herum vergessen und war eingetaucht in die Wärme, das Licht und die Farben der Südsee. Und wenn sie im Sommer am Strand der Kieler Förde die Sonne genoss, in Falckenstein oder in Laboe, dann gingen ihre Träume mit den Schiffen auf die Reise, die in so großer Zahl an ihr vorbeizogen.

Franziska dachte an eine lange zurückliegende Wochenendreise nach Berlin, als es dort im Museum eine Ausstellung von Bildern des Malers Gauguin gab. Sie erinnerte sich noch gut an die Menschenschlangen vor den Kassen, das Anstehen für den Eintritt hatte ein Vielfaches der Zeit verschlungen, die ihnen dann noch blieb, um die Bilder zu betrachten. Hatte sie doch auf ihrer Prioritäten-Liste für Berlin nicht nur das Museum, sondern auch einen ausgiebigen Einkaufsbummel durchs KaDeWe stehen gehabt, der sich durch die unerwartete Vielfalt der angebotenen Schuhe, Hosen und Blusen erheblich in die Länge zog. Der anschließende Besuch bei den Bildern Gauguins war trotz seiner Kürze ein beeindruckendes Erlebnis für Felix und Franziska gewesen, sie waren fasziniert von den Farben und Formen der polynesischen Menschen inmitten einer berauschenden Südsee-Landschaft, die Gauguin mit so viel Ausdruckskraft auf die Leinwand gebannt hatte.

Und nun war eine Reise in die Südsee in greifbare Nähe gerückt!

Reisevorbereitungen

Franziska griff zum Telefon und rief ihre Tochter in Hamburg an.
„Stell dir vor, Frauke, wir werden nach Tahiti reisen, der Vati hat im Lotto gewonnen!"
Nachdem Franziska ihrer zunächst völlig sprachlosen Tochter ein ganz wichtiges Detail mitgeteilt hatte – „Du wirst es nicht glauben, aber die Kombination aus deinem und meinem Geburtstag hat die entscheidenden Zahlen geliefert!" – schwelgte sie in Reiseplänen und schilderte ihrer Tochter einen Sonnenuntergang in den farbenprächtigsten Südseetönen, wobei ihr Blick durchs Wohnzimmerfenster in den klaren blauen Himmel glitt, über den der kräftige Wind dicke weiße Wolken jagte.
„Also Muttchen", nur mit Mühe gelang es schließlich Frauke, den Redefluss ihrer Mutter zu stoppen, „wollt ihr wirklich die Strapazen einer so weiten Reise auf euch nehmen, um dann ein oder zwei Wochen in der Sonne zu braten? Denk mal an euren Karibikurlaub!"
Doch Pleiten, Pech und Pannen der Karibikreise hatte Franziska erfolgreich aus ihrem Gedächtnis verdrängt.

Geblieben waren eine riesige rosafarbene Muschel auf der Fensterbank, ein voller Gewürzschrank in der Küche dank der Einkäufe auf Grenada, und CDs mit Reggae-Musik, deren heiße Rhythmen Franziskas Kochkunst zu neuen Höhen angefacht hatten, so dass ihr ein äußerst exotisches Gericht mit Ingwer, Safran und Kardamom so richtig gut gelungen war. Tiefes Schweigen würde sie bis an ihr Lebensende über die Auswirkungen des Aphrodisiakums bewahren, das ihr eine zahnlose alte Marktfrau auf Martinique aufgeschwatzt hatte und das sie Felix – nicht dass er es nötig gehabt hätte, aber das kleine Fläschchen mit der nach Vanille duftenden Essenz war ja nun mal da – ohne sein Wissen unter den knallgelben Reis gemischt hatte.

„Im Nachhinein war die Karibik gar nicht schlecht", schmunzelte Franziska beim Gedanken an ihren Felix. „Diese exotischen Länder haben durchaus auch ihre guten Seiten. Natürlich, der Flug wird lang und anstrengend sein."
„Siehst du, deshalb solltet ihr, wenn ihr schon so weit weg wollt, die Reise einteilen und noch ein oder zwei andere Ziele ansteuern. Ihr habt jetzt Zeit und Geld, ihr könnt rund um die ganze Welt reisen!"

Eine Weltreise! Dass sie selber noch nicht auf die Idee gekommen war! Franziska streckte sich auf dem Sofa aus, schaute durchs Fenster zu den weißen Wolken am blauen Frühlingshimmel hoch und dachte nach. Sie dachte an ihre Freundin Misako, die sie als junges Mädchen in Düsseldorf kennen gelernt hatte. Franziskas Vater war damals zu einem geschäftlichen

Termin in die Stadt am Rhein geschickt worden, der sich zu einem langen Wochenende ausbauen ließ, und er nahm seine Tochter mit. Nachdem das Geschäftliche erledigt war, bummelten Vater und Tochter am Rheinufer entlang, verglichen die Schiffe mit denen auf der heimischen Förde, wobei Düsseldorf deutlich den Kürzeren zog, und stürzten sich am Abend ins bunte Treiben der Altstadt, bekannt als die „längste Theke der Welt". Was die Kneipen anging, da hatte Düsseldorf im Vergleich mit dem Norden zweifellos die Nase vorn! Hier reihte sich Gaststätte an Gaststätte, Franziska und ihr Vater aßen rheinischen Sauerbraten und Eisbein und tranken Altbier dazu. Der von Franziskas Vater geäußerte Wunsch nach einem „Pils" hatte dem in eine bodenlange blaue Schütze gewickelten Kellner, der hier „Köbes" hieß, nur einen abfälligen Blick entlockt. In Düsseldorf trinkt man Alt! „Das Bier schmeckt hier so, wie es heißt", konstatierte Franziska. „Das schmeckt nicht, das muss weg", antwortete ihr Vater und nahm einen ordentlichen Zug. Runde um Runde brachte der Köbes vorbei, ungefragt wurden die leeren Gläser umgehend gegen gefüllte getauscht, und nach dem Essen waren weder Franziska noch ihr Vater in der Stimmung, schon zurück ins Hotel zu gehen. Übermütig führte der Vater seine Tochter in eine Bar, um ihr einen Cocktail zu spendieren. Da saß die gerade mal 18 Jahre alte Franziska unter Plastikpalmen, schlürfte einen Pina Colada aus einer echten Kokosnussschale und wähnte sich in der Südsee, auch wenn die Bedienung, ein gertenschlankes junges Mädchen mit blumengeschmücktem schwarzen Haar, offensichtlich eine ostasiatische Schönheit war. Franziska bemerkte, dass sie und ihr gutaussehender Vater mit seinen graumelierten Schläfen in der kleinen Bar Aufsehen erregten. Immer wieder schaute der ein oder andere Gast zu ihnen hin.

„Ich bin sicher", lachte Franziska, „hier halten dich alle für einen Chef, der mit seiner Sekretärin ausgeht!"

Als der Vater für Franziska einen zweiten Cocktail bestellen wollte, kapitulierte diese vor so viel Alkohol und orderte stattdessen einen Saft. Auch die chinesische – oder philippinische oder japanische – Bedienung schlug den angebotenen Cocktail aus, sie war ja im Dienst, und freute sich über den ausgegebenen Orangensaft. Franziska entlockte dem jungen asiatischen Mädchen in wenigen Minuten drolliger englisch-deutscher Unterhaltung, dass es Misako hieß, Japanerin war, ein Semester lang Englisch in Düsseldorf studierte und ab und zu in dieser Bar aushalf. Noch mehrmals an diesem Abend kam Misako für kurze Gespräche an ihren Tisch, und bevor sie den Rückweg in ihr Hotel antraten, hatten Franziska und ihr Vater für den nächsten Tag einen Stadtbummel mit ihr verabredet.

So hatte Franziska Düsseldorf von der japanischen Seite kennen gelernt. Das Nippon-Hotel mit seinen skurrilen Bonsais in der Lobby, Geschäfte, die puristische Keramik verkauften, Lebensmittelläden, wo es mindestens hundert verschiedene Sorten Reis gab und mit farbenfrohen Fischhappen gefüllte Holzkistchen. Schließlich lud Franziskas Vater die zwei jungen

Damen in ein japanisches Restaurant ein, und die Begleitung der Beiden, bildhübsch, schlank, blond und blauäugig die eine, und genauso bildhübsch, zierlich und schwarzhaarig die andere, tröstete den an deftige Kost gewöhnten Norddeutschen über die winzigen Portionen von Reis, Fisch und Gemüse hinweg. Auch wenn alles bunt und appetitlich angerichtet war, satt wurde man hier nicht! Zum Glück fand sich anschließend gleich um die Ecke eine Würstchenbude.

Und Franziska hatte eine Freundin fürs Leben gefunden. Briefe und Fotos wanderten in mehr oder weniger großen Abständen zwischen Kiel und der japanischen Stadt Nagoya hin und her. Genau wie Franziska hatte Misako irgendwann geheiratet und zwei Kinder bekommen, die Mädchen Miko und Yoko. Nur glücklich wie Franziska war die junge Japanerin nicht geworden, als geschiedene Frau sorgte sie bald allein für ihre Kinder. Nach Deutschland war sie nie wieder gekommen, und für Franziska hatte Japan jahrzehntelang in unerreichbarer Ferne gelegen. Doch nun... Miko und Yoko waren längst erwachsen und lebten nicht mehr daheim, da könnte es in Misakos Haus vielleicht einen Schlafplatz geben für Felix und Franziska. An diesem Punkt ihrer Überlegungen angekommen, sprang Franziska kurzentschlossen vom Sofa, eilte zum Computer und verfasste einen Brief an ihre japanische Freundin. Die Konversation erfolgte stets in Englisch, ihre wenigen deutschen Brocken hatte Misako bald wieder verlernt, nachdem sie zurück in der Heimat war. Warum die junge Japanerin damals zum Englischlernen nach Düsseldorf und nicht an eine englische Universität gegangen war, das hatte Franziska nie so recht begriffen. Vielleicht war die „japanische Kolonie" am Rhein ausschlaggebend gewesen.

Gerade als Franziska ihr Schreiben mit den Worten ‚Your friend Franzi' beendet hatte, hörte sie Felix zur Haustür herein kommen und lief ihm entgegen.
„Felix, schau mal, was ich geschrieben habe, wir fahren nach Japan und besuchen Misako!" Franziska wedelte mit dem Schreiben vor Felix' Nase herum.
„Uff", stöhnte Felix und stellte eine Kiste Bier auf der Küchenanrichte ab. „Nach Japan?"
„Ja, ich habe Misako geschrieben, dass wir sie besuchen wollen, sie wird uns hoffentlich in ihr Haus einladen."
Felix ließ sich erschöpft auf einen Küchenstuhl fallen, wobei ihm in den Sinn kam, dass es in Japan wahrscheinlich keine Stühle gab. Saß man dort nicht mit untergeschlagenen Beinen auf dem Fußboden? Selbst wenn er es schaffen sollte, seine Beine unter seinem Hosenboden zu verstauen, dachte Felix, so würde er aus dieser Stellung bedauerlicherweise nie wieder hochkommen!
„Japan, muss das sein?" fragte er. „Reicht nicht Tahiti?"
„Wir haben Zeit und Geld, wir können rund um die ganze Welt reisen", zitierte Franziska ihre Tochter. „Felix, du hast doch immer noch Kontakt zu deinem alten Schulfreund, der in Australien lebt. Der würde sich über unseren Besuch ganz sicher freuen."
Franziska bemühte sich, Felix' Gedanken von Japan weg in mehr westlich geprägte Gefilde zu lenken.

„Paul, tatsächlich, das wäre eine Idee, den wiederzusehen!" Paul war mit Felix zur Schule gegangen und als junger Mann nach Australien ausgewandert. Immer zu Weihnachten wurden Grußkarten und kurze Berichte ausgetauscht, so hatte jeder ein wenig am Leben des anderen teilgenommen. Auch Paul und seine Frau Rita waren inzwischen Rentner, die erwachsene Tochter lebte in Sydney, also müsste es in dem kleinen Haus im Städtchen Armidale Platz für Gäste geben!
„Du hast Recht Franziska, ich werde Paul schreiben, dass wir ihn besuchen wollen."
„Und schau mal, Felix", Franziskas Gedanken gingen auf dem Globus spazieren, „wenn wir in Australien sind, ist Neuseeland ganz in der Nähe. Karl und Karin sind durch Neuseeland gereist, nachdem Kuno im Hundehimmel war. Die beiden fanden es großartig, die Landschaft muss einmalig schön sein. Das Meer, die Inseln, Berge, Gletscher, heiße Quellen..."

Felix dachte an den Abend bei Karl und Karin zurück, die ihr Leben ohne Hund genutzt hatten, um endlich eine Fernreise zu machen und als Ergebnis ihren Freunden eine dreistündige Foto- und Filmschau zumuteten. Auch wenn die neuseeländische Landschaft zugegebenermaßen grandios ist, nach einer Stunde war Felix eingenickt, vielleicht dank der unzähligen Schafe, die auf satten grünen Wiesen über den Bildschirm flimmerten. Schäfchenzählen war für Felix schon immer ein probates Einschlafmittel gewesen.

Aber Franziska blieb hartnäckig.

Einem intensiven Austausch von Briefen und E-Mails um die halbe Welt folgten Einladungen nach Japan und nach Australien, und dann hatten Felix und Franziska großes Glück, sie trafen auf eine äußerst kompetente Fachfrau im Reisebüro. Frau Jensen machte alles möglich, was möglich zu machen war, und arbeitete für Felix und Franziska eine Reise aus, die ein ganz einmaliges Erlebnis werden sollte.

„Wenn Sie nach Tahiti wollen, dann müssen Sie auch zu den Marquesas reisen. Dort liegt der Maler Paul Gauguin begraben." Felix und Franziska waren fasziniert.
„Ich selbst habe im vergangenen Jahr eine Schiffsreise durch die Inselwelt der Marquesas gemacht", fuhr Frau Jensen fort, „diese Tour kann ich Ihnen nur empfehlen. Mit acht Passagieren und drei Mann Besatzung wird von Insel zu Insel gesegelt, die Marquesas sind vom Tourismus bisher kaum berührt, ein echter Südseetraum!"

Besser hätte sie Felix und Franziska nicht ködern können, der Segeltörn durch die Inselwelt der Marquesas wurde sofort gebucht.

Aber bevor es zu den Marquesas ging, standen Japan, Australien, Neuseeland und Tahiti auf dem Programm. Im September sollte es losgehen, und Felix und Franziska würden ganze sieben Wochen unterwegs sein!

Das Kofferpacken entwickelte sich für Franziska zur wahren Herausforderung. Felix weigerte sich entschieden, mehr als einen Koffer mitzunehmen. Sie würden mit Flugzeug, Schiff, Bus und Bahn unterwegs sein, häufig das Hotel wechseln, da wäre jedes weitere Gepäckstück eine überflüssige Belastung, und ohnehin könne Franziska immer wieder dasselbe Kleid oder denselben Rock anziehen, schließlich bliebe sie ja nirgends länger als ein paar Tage.

„Und Wäsche für sieben Wochen kannst du ohnehin nicht mitnehmen", meinte Felix, „also reicht ein kleiner Vorrat, der immer wieder durchgewaschen wird." Franziska tröstete sich mit dem Gedanken, dass es hoffentlich überall auf der Welt Unterhöschen zu kaufen gäbe.

Den Sommer über hatte Franziska Zeit, aus ihren Hosen, Blusen, Röcken und T-Shirts eine Urlaubsgarderobe zusammen zu stellen, ging dann aber doch drei Tage vor der Abreise mit ihrer Freundin Julia einkaufen, weil sie meinte, ihre sportlich-eleganten, dem norddeutschen Klima angepassten Sachen, seien nun wirklich nicht das Richtige für die Südsee. Zwei knitterfreie buntbedruckte Sommerkleider, ein bequemer gelber Stretchrock, dazu vier regenbogenfarbene T-Shirts und drei leichte Sommerhosen, knitterfrei wie die Kleider, bildeten die Ausbeute eines anstrengenden Nachmittags. Ihrem Felix brachte Franziska ein knallrotes, mit weißen Blüten bedrucktes Hemd mit, das Südsee-Flair verbreitete. Felix war sich nicht sicher, ob er dieses Hemd jemals anziehen würde.

Japan

Felix verstand nicht, dass sich so viele Leute für zwölf Stunden in eine Sardinenbüchse quetschen lassen, um dann vierzehn Tage bei drückender Schwüle am Strand zu liegen und sich im 32° warmen Wasser abzukühlen! Der Flug nach Kuala Lumpur wurde zur Qual. Eng, unbequem und randvoll war der Flieger. Franziska saß noch nicht richtig, als ihr Vordermann seinen Sitz weit nach hinten klappte, und ihr Nebenmann Schuhe und Strümpfe auszog. Eine unappetitlich Duftwolke stieg Franziska in ihre Nase, mit der sie nun fast an die Lehne des Sitzes vor ihr stieß. Sie bat eine Stewardess um Hilfe und bekam den Rat, ihren Sitz ebenfalls zurück zu klappen, und Schuhe und Strümpfe dürfe sie auch ausziehen. Genervt, mit geschwollenen Füßen, mit Rücken- und Kopfschmerzen kamen Felix und Franziska am frühen Morgen in Kuala Lumpur an, es war der Zwischenstop auf dem Weg nach Nagoya. Ein Tageszimmer im Flughafen-Hotel und Verpflegung sollte im Ticketpreis enthalten sein. Aber das Flughafen-Hotel, wo sie sich bis zum Abend hätten erholen können, war noch nicht einmal im Bau. Das fanden Felix und Franziska mit viel Mühe und lückenhaften Sprachkenntnissen heraus. Wider Erwarten mussten sie doch durch den Zoll, irrten über einen riesigen modernen Flughafen (Baukosten in Euro etwa 2,5 Milliarden verkündete eine Schautafel), wo überall in den Ecken Menschen lagen und schliefen. Schließlich fand sich ein Bus, dessen Fahrer den Hotel-Voucher akzeptierte und der die beiden mehr als eine Stunde lang durch eine flache Landschaft fuhr, bis schließlich in einer trostlosen Vorort-Gegend ein einfaches, aber sauberes Hotel erreicht war. Felix und Franziska schliefen tief und fest bis zum Mittagessen und genossen dann im luftigen mit Korbmöbeln eingerichteten, palmenumstandenen Hotel-Restaurant das kaltwarme Büffet. Zwei Stunden lang hatten sie ihren Spaß daran, die sehr asiatischen und ebenso würzigen Köstlichkeiten zu probieren, danach freuten sie sich schon aufs Abendessen! Zwischendurch lockten ein paar Sonnenstrahlen Felix und Franziska zu einem Spaziergang um das Hotel herum. Es war brütend heiß und äußerst schwül draußen, und als es plötzlich ohne Vorwarnung vom Himmel herunter zu schütten anfing, flüchteten beide schnell wieder ins Trockene.

Ein bisschen mulmig war es Franziska und Felix schon, als sie nach dem Abendessen vor ihrem Hotel auf den Bus warteten. Würden sie rechtzeitig wieder am Flughafen sein? Oder sollten sie doch lieber ein Taxi bestellen? Sie waren hier in einem moslemischen Land angekommen, wie weit war Verlass auf diese Menschen? Die Frauen liefen alle dicht verhüllt herum, sogar die hübschen Mädels vom Flughafenpersonal hatten zu ihrer schicken Uniform das Kopftuch umgebunden. Und die Männer? Junge und alte hatten am Flughafen auf dem Boden gelegen und geschlafen. Undenkbar in der westlichen Welt! Felix und Franziskas Erfahrung mit asiatischen Ländern beruhte bisher auf einem Kurztrip nach Istanbul. Aber dort war alles gut gegangen, warum sollte es hier anders sein? Schließlich waren alle Sorgen umsonst, ein Bus holte sie ab und pünktlich erreichten Felix und Franziska ihren Flieger, der diesmal statt einer Boing ein Airbus war, die Sitze bequem und mit weit mehr Beinfreiheit als in der Nacht zuvor. Sie schafften es, ein paar Stunden zu schlafen, und nach einem Frühstück, das aus Reis, Huhn und einem undefinierbaren Glibber bestand, zu dem glücklicherweise aber auch Toast und Tee gereicht wurde, landeten sie pünktlich in Nagoya. Ihr Koffer, sie konnten es kaum glauben, war ebenfalls unversehrt gelandet, und Franziskas Freundin Misako holte sie tatsächlich ab! Nach mehr als vierzig Jahren erkannten sie sich auf Anhieb wieder, ein Strahlen glitt über Misakos Gesicht, als sie Franziska sah. Die Freude war groß, die beiden drückten sich kurz die Hände, mehr ist in Japan nicht schicklich.

Misako fuhr Felix und Franziska mit ihrem Auto durch das sonntäglich ruhige Nagoya zu ihrem Haus, das in einer Siedlung am Stadtrand lag. Es war sehr heiß, aber längst nicht so feucht wie in Malaysia. Misakos Haus war für japanische Maßstäbe geräumig, für Franziskas Maßstäbe klein und unordentlich, aber recht europäisch eingerichtet. In der Diele standen eine Reihe Stoffpantöffelchen für Gäste bereit, Franziska suchte sich ein passendes Paar heraus und wühlte dann in ihrem Koffer nach Pantoffeln für Felix. Auch wenn Felix nicht auf allzu großem Fuß lebte, viel mehr als sein dicker Zeh hätte in die Gästepantoffeln nicht hinein gepasst! Misakos Tochter Yoko hatte sich mit ihrem Freund zerstritten und lebte zur Zeit wieder bei ihrer Mutter, daher bekamen Felix und Franziska zum Schlafen das Zimmer der Tochter Miko zugewiesen, die mit einem Koreaner verheiratet war und in Korea lebte. Gleich gegenüber von Mikos Zimmer lag das Gäste-WC, auch hier standen mehrere Paare Pantoffeln vor der Tür. Misako erklärte, dass für den Gang zur Toilette auf jeden Fall die Pantoffeln gewechselt werden müssten!

Am Nachmittag spazierten Felix und Franziska zusammen mit Misako zum Supermarkt. Misako fuhr gewöhnlich mit dem Auto dorthin, aber ihrem Besuch zuliebe ging sie heute zu Fuß, und auf Franziskas Wunsch nahm sie „Apple", den größeren ihrer beiden kleinen Hunde mit. Sonntags hätten viele Läden in Japan geöffnet, sie schlössen dafür einen Tag in der Woche, erklärte Misako. Gegen Abend kam ihre alte, aber noch sehr rüstige Mutter, und die beiden Frauen bereiteten Tempura zu, Garnelen und Gemüse in Fett ausgebacken, und kochten Reis. Felix und Franziska hatten sich schon gefragt, wozu die zierlichen Japanerinnen Stühle mit einer überdimensionalen Sitzfläche brauchten, jetzt sahen sie es: Die Frauen hockten mit untergeschlagenen Beinen auf ihren Stühlen. Nachdem Felix sich zu seiner Freude ganz normal an den Tisch setzen konnte, tat Franziska es ihm gleich und beide übten mit Stäbchen zu essen, was gar nicht einfach war! (Als sie es nach einer Woche so richtig gut konnten, ging die Reise weiter nach Australien.) Den Grünen Tee, den es zu trinken gab, fand Franziska sehr gewöhnungsbedürftig. Staunend schaute sie zu, wie Misako die restlichen Reiskörner aus der Schüssel in ihr Teeglas schob und diese Mischung genüsslich schlürfte. Mit Felix durfte sie sich nach dem Essen eine Dose Bier teilen. Dass die Deutschen Bier trinken, hatte sich bis ins ferne Japan herumgesprochen und Misako kredenzte ihren Gästen stolz das Getränk!

Zum Frühstück gab es Toast, Joghurt, Marmelade und Schwarzen Tee. Dies war Misakos normales Frühstück, und da Felix und Franziska mit Reis gerechnet hatten, fühlten sich beide erleichtert und vermissten nicht einmal ihren gewohnten Kaffee.

Anschließend verbrachten sie einen hochinteressanten Tag mit Misako im riesigen unterirdischen Einkaufszentrum von Nagoya. Allein die Lebensmittelläden waren die Reise nach Japan wert! Das Aussehen des Essens schien hier weit wichtiger zu sein als der Geschmack, und die Vielfalt war umwerfend, wahrscheinlich einmalig auf der Welt. Jedes Gericht wurde arrangiert und verpackt wie ein Kunstwerk, es sah bunt und malerisch aus, aber um was es sich jeweils handelte, entzog sich dem Wissen des Betrachters, jedenfalls wenn er aus der westlichen Welt angereist war. Fast alles war in irgendeiner Weise geschnitzt, geformt, ausgestochen oder angemalt. Felix und Franziska fanden nicht nur die Lebensmittel irrsinnig teuer, ein Kimono entsprach einem Mittelklassewagen in Europa, und das Parkhaus kostete umgerechnet 30 Euro für ein paar Stunden. Dafür bekam Misako den Platz von einem weißbehandschuhten Bediensteten zugewiesen.

Am nächsten Tag nahm Misako Felix und Franziska mit nach Seto, in eine Keramik- und Töpferstadt nahe Nagoya. Den Übergang von der einen zur anderen Stadt

merkte man bei der dichten Häuserbebauung nicht, nur waren in Seto die Straßen schäbiger und die Häuser sahen nicht mehr nach Großstadt aus.
„Alles Bruch und Dalles", raunte Franziska ihrem Felix zu. In einem so hoch technologisierten Land wie Japan hätte sie mehr Ordnung und Sauberkeit erwartet.

Es gab reichlich Keramik zu gucken, gekauft wurde aber nichts wegen der Transportschwierigkeiten. Obwohl die Tässchen, Schälchen und Schüsselchen wirklich wunderhübsch waren. „Wir hätten doch zwei Koffer mitnehmen sollen. Dann könnte ich jetzt dieses Teeservice einpacken lassen." Franziska bewunderte winzige zartgrüne Becher mit Blütendekor und hielt das dazu passende Kännchen ins Licht. Felix befürchtete, diese hauchfeine Keramik könnte schon vom scharfen Hingucken zerspringen und glaubte nicht daran, dass auch nur ein einziges Teil davon die weite Reise über Australien, Neuseeland, Tahiti und die Marquesas bis nach Deutschland heil überstanden hätte.
„Zu Hause trinken wir wieder unseren Kaffee", tröstete er Franziska, die das Teekännchen vorsichtig abstellte und seufzte: „In unserer Vitrine in der Diele hätte es ganz fantastisch ausgesehen!"

In einem kleinen Restaurant wurde zu Mittag gegessen, Reis, Currysoße und „Hamburger" - die Japaner kennen kein anderes Wort für Frikadelle -, dazu den obligatorischen Grünen Tee. So gut wie dies schmeckte, so wenig war es. Für den anschließenden Gang zur Toilette brauchte Franziska Misakos Hilfe, die Symbolik hatte sich bis Seto noch nicht durchgesetzt.

Welche Tür war für Weiblein und welche für Männlein? Des Rätsels Lösung: Eine Tür war für beides und eine für „Privat".

Das Schönste an Seto war für Felix und Franziska der Shrine, ein eindrucksvoller Tempel, den sie von allen Seiten fotografierten. Die wenigen Läden wirkten orientalisch, bazarartig und überhaupt nicht großstädtisch wie in Nagoya, wo sich unterirdisch das weitläufigste Einkaufsparadies von ganz Japan hinzieht.

Unterwegs übten Felix und Franziska eifrig Japanisch.

Misako sagte: "Dozo" , Franziska "Please", Felix "Bitte".
So ging es reihum weiter.
Domoarigato – Thank you – Danke.
Ohaio godaimas – Good morning – Guten Morgen.
Konichiwa – Good afternoon – Guten Nachmittag.
Kumbamwa – Good evening – Guten Abend.
Ojasumi – Good night – Gute Nacht.
Hai – yes – Ja.
Toto mato ne – One moment please – Einen Moment bitte.
Mussi mussi – Hallo – Hallo.

Trotz ihrer Jahrzehnte zurückliegenden Studien in Düsseldorf tat Misako sich schwer mit der englischen Sprache. Felix und Franziska stellten fest, dass offensichtlich die meisten Japaner mit Englisch auf Kriegsfuß stehen, sie sprechen es nur sehr schlecht oder gar nicht. Lesen und schreiben geht besser als reden!

Ein kleiner Taschencomputer leistete Misako gute Dolmetscherdienste, allerdings musste sie dafür die japanischen Wörter in englischer Lautschrift eintippen. Franziska fand dies Verfahren äußerst umständlich und bemühte sich im Gespräch mit Misako um einfache Sätze. Und das, obwohl sie selbst nicht sonderlich flüssig Englisch sprach. Ein großes Rätsel blieb für sie die Frage, wie Misako ihre Arbeit als Japanischlehrerin für Ausländer bewältigte. Dazu müsste man doch vernünftiges Englisch sprechen können!

Zusammen mit Misako und ihrer Tochter Yoko besuchten Felix und Franziska das malerische Schloss von Nagoya. Sie fuhren mit der U-Bahn dorthin und staunten, wie diszipliniert sich die Menschenmassen verhielten. Auf den Rolltreppen herrschte derselbe Linksverkehr wie auf den Straßen, wer es eilig hatte, der überholte rechts. An den Bahnsteigen war aufgemalt, wo welcher Wagen zum Halten kommt, die Fahrgäste standen in Reih und Glied, und im Minutentakt schoben sich Hunderte Menschen in die Bahnen oder wurden von ihnen ausgespuckt. Felix und Franziska kamen sich in der Menge vor wie Riesen im Zwergenland, und das, obwohl sie für europäische Verhältnisse weder übermäßig groß noch dick waren. In der U-Bahn schliefen die Japaner fast alle, das Rätsel, wie sie es schafften, rechtzeitig zu erwachen um an der richtigen Station auszusteigen, konnte auch Misako nicht lösen.

Das Schloss war ein strahlend weißer Bau, der pagodenförmig fünf Stockwerke hoch in den blauen

Himmel aufragte. Die grünen geschwungenen Dächer glänzten in der Sonne und gipfelten in einem First, der von zwei riesigen goldenen Delfinen gekrönt wurde. Nach der Besichtigung des Schlosses und dem Rundgang durch den Park mit üppigem Grün und versteckten kleinen Teichen, in denen die berühmten Koi-Karpfen schwammen, lud Misako zum Kaffeetrinken ein. Zwei Tassen Kaffee, eine Tasse Tee, eine Cola und vier winzige Kuchenstückchen kosteten rund 40 Euro, der Blick vom Dachrestaurant eines Luxushotels auf Schloss und Park war es wohl wert. Für den gleichen Preis, diesmal von Felix und Franziska übernommen, fuhren alle vier danach mit dem Aufzug in den 53. Stock des Bahnhofsturms und genossen aus 245 Metern Höhe einen unglaublichen Blick über die Stadt. Swimmingpools, Autos, Restaurants, Golfplätze, das alles gab es auf den tief unten liegenden Dächern rundherum. Soweit das Auge reichte zog sich das Häusermeer über flache Hügel hin, weit in der Ferne kündigte sich der Sonnenuntergang über den Bergen an. Langsam flimmerten überall in der Dämmerung Lichter auf, es war ein fantastisches Bild.

Fasziniert war Franziska von der großen Masse der Angestellten in den Einkaufsläden, alle gekleidet in adrette Uniformen mit weißen Handschuhen, die Mädels mit putzigen Hüten. Ob die nur fürs Rumstehen, fürs Lächeln und fürs Schön-Aussehen bezahlt wurden? Die eleganten Kaufhäuser waren Ansammlungen von exquisiten Einzelläden aller Couleur mit astronomischen Preisen, aber gleich um die nächste Straßenecke traf man auch mitten im Zentrum auf enge

Gassen mit kleinen Läden oder Restaurants und sah dazwischen ab und zu ein altes japanisches Holzhaus mit geschweiftem Dach.

Misako kündigte an, dass sie am nächsten Morgen für ein paar Stunden arbeiten müsse. Ob Franziska das Frühstück für sich und Felix richten könne? Auch Tochter Yoko wäre leider bei der Arbeit. Es war ihr offensichtlich unangenehm, ihre Gäste, für die sie sich extra eine Woche Urlaub genommen hatte, allein lassen zu müssen, aber Franziska versicherte, dass sie problemlos mit dem Frühstück fertig würde.

Felix und Franziska genossen den Morgen im Bett ausgiebig, keine Zuhörer auf der anderen Seite der papierdünnen Wände! Felix hatte schon reichlich Sehnsucht nach seiner Franziska gehabt, nun brauchte er sich nicht mehr zurück zu halten. Vom Bett hüpften beide splitternackt ins Bad und benutzten, wie es sich in Japan gehört, ausgiebig die Dusche, bevor sie sich zusammen in der großen Wanne aalten. Als Felix schließlich, rot wie ein frischgekochter Krebs, aus dem glühend heißen Wasser stieg, hörte er das Klingeln des Telefons.

„Es ist niemand zu Hause, ich gehe ran!" sagte er zu Franziska und lief, nackt und nass wie er war, in die Diele.
„Mussi mussi, hai hai." Ein kleiner See bildete sich um Felix' Füße. „ Misako and Yoko are not ---"
Franziska hörte einen Plumps, spähte durch die Badezimmertür und sah ihren Felix zur Salzsäule

erstarrt in der Diele stehen, immer noch klatschnass, seine Hand schwebte zwischen Ohr und Schulter, der Telefonhörer lag in der Pfütze auf dem Boden. Ihm gegenüber stand Yoko im Nachthemd. Die junge Frau hatte Mund und Augen aufgerissen, ihr fehlten die Worte.

In Sekundenschnelle wickelte Franziska sich in ein Badetuch, warf ein zweites über ihren Felix und zerrte ihn zurück ins Bad. Drinnen ließen sich beide zusammen langsam auf den Fußboden sinken und fingen dann schallend an zu lachen. „Wir werden wohl nie erfahren," meinte Franziska prustend und rang nach Luft, „ob wir die arme Yoko heute morgen geweckt haben!"

Bei unverändert warmem Wetter marschierten Felix und Franziska los, um bei der Bank Geld zu holen. Trotz - oder wegen? - des von Misako gemalten Plans schafften sie es, sich zu verlaufen. In Japan gibt es keine Straßenschilder, und wo es doch Schilder gibt, kann man sie als Europäer nicht lesen. Nach zwei Stunden schließlich verhalf ihnen eine niedliche kleine Japanerin mit ein paar mühsamen Brocken Englisch und einer neuen Zeichnung zum Erfolg. Aber welche Enttäuschung, als es in der Bank kein Geld für europäische Kreditkarten gab! Nachdem ein Bankangestellter gefunden worden war, der ihnen freundlich lächelnd, aber in kaum verständlichem Englisch klar machte, dass hier wie im übrigen Land nur amerikanische Kreditkarten akzeptiert würden, wurden Felix und Franziskas exotische Plastik-Karten von weißbehandschuhten spitzen Fingern vorsichtig entgegen genommen, auf ein Tablett gelegt und in der ganzen Bank als Anschauungsobjekt herumgereicht. „Yes, yes." „Yes, yes." Ehrfürchtig nickend betrachteten die Mitarbeiter der Reihe nach das Corpus delicti. Geld gab es trotzdem keins. Und nun? Japan war die erste Station ihrer Weltreise. Was, wenn auch in Australien, Neuseeland und in der Südsee ihre Karten nicht akzeptiert würden? Darüber mochte Franziska nicht nachdenken. Mit Felix einigte sie sich, ihre amerikanischen Dollars, die für äußerste Notfälle vorgesehen waren, in japanische Yen umzutauschen. Schließlich beabsichtigten sie, Misako und ihre Familie zum Essen in ein Restaurant einzuladen, um sich so für die erwiesene Gastfreundschaft zu revanchieren. Und ein paar klitzekleine Souvenirs wollte Franziska doch einkaufen, ein Eckchen im Koffer würde sie dafür schon finden.

Aber zunächst einmal führte Misako ihren Besuch in ein typisch japanisches Lokal. Von außen als solches nur für Eingeweihte zu erkennen, wirkte das Restaurant auf Felix und Franziska höchst fremdartig. Die Bedienung in ihrem Kimono erinnerte an eine Geisha, im dezenten, gedämpften Licht ging es sehr ruhig zu an den wenigen Tischen, die zu Felix' Erleichterung über ganz normale Stühle verfügten. Der Abend sollte ein grandioses Erlebnis werden. Neun Gänge zogen an Felix und Franziska vorüber, vorneweg gab es Sake, einen Reisschnaps, im roten Lackschälchen. Der erste Gang war ein „Herbst-bild", eine Komposition diverser bunter, undefinier-barer Zutaten, zu denen auch ein Reiszweig, ein Pilz und eine kleine Garnele gehörten, alles arrangiert auf einer Lackschaufel. Franziska erkundigte sich, ob dies Dekoration sei oder ob man es essen könne. Man könne. Die folgenden acht Gänge in unzähligen Schälchen, Schüsselchen oder Kästchen mit und ohne Deckel sahen einer so umwerfend schön aus wie der andere und lagen geschmacklich zwischen fade und mies. Einen Höhepunkt bildeten drei kleinfingerdicke gefüllte Filetröllchen für jeden, die auf einem heißen Stein über einer Kerze brutzelten und dabei mehr oder eher weniger gar wurden. Der Nachtisch bestand aus einem braunen Wackelpudding im goldgedeckelten feinziselierten Glasbecherchen und einer rosafarbenen Eiskugel im Silbertöpfchen, die nach Seife roch und schmeckte. Das einzige, wonach Felix anschließend Verlangen hatte, war ein doppelter Cognac. Zum Essen hatte es wahlweise grünen Tee oder Wasser gegeben. Aber auch ohne Cognac und mit von bunten Ein-drücken schwirrendem Kopf schliefen Felix und Fran-ziska gut und freuten sich auf den nächsten Tag.

„Countryside" war angesagt. Mit U-Bahn und Zug ging es in die Berge zu zwei alten, typisch japanischen Orten: Tsumago und Magome. Hier verlockte jede Ecke zum Fotografieren, die dunklen verwitterten Holzhäuser, die schmalen Gassen, dazwischen Tempel, Souvenirläden und kleine Lokale. Als Felix gutgelaunt seinen Arm um Misako schlang und sie für ein Foto an sich drückte, bannte Franziska ihre völlig verdatterte Freundin aufs Bild. So viel Nähe geht in Japan nicht! In einem der kleinen Geschäfte kaufte Felix Maronen und eine arg überteuerte Flasche Rotwein, er hatte genug von Grünem Tee zum Abendessen! Zurück in Nagoya stellte sich heraus, dass Misako noch nie geröstete Kastanien gegessen hatte, sie kannte nur das an allen Ecken reichlich angebotene Konfekt, das zwar wie Maronen aussah, aber geschmacklich weit daneben lag. Franziska röstete die Kastanien im Backofen, und nachdem sie Misako zu ein paar kleinen Schlucken Wein überredet hatte, wurde diese übermütig vom ungewohnten Alkohol, setzte ihre zwei kleinen Hunde mit an den Tisch und ließ sie von den Kastanien naschen. Die Hunde „Cherry" und „Apple" wurden von Misako eher wie Kinder behandelt als wie Tiere. Sie hatten keinen Ausgang, aber fast quadratmetergroße Pampers, die überall im Haus herumlagen und auf die die Hunde ihr Geschäft machen sollten, eine Art „Hundeklo". Leider ging viel daneben, was dann von Misako aufgewischt werden musste. Mehrere Dosen Desinfektionsspray standen bereit, um jederzeit den Fußboden nachbehandeln zu können. Felix und Franziska hatten sich angewöhnt, die Hunde zu kleinen Spaziergängen durch die Ansiedlung von Einfamilienhäusern mitzunehmen, und nach ihrer Weiterreise sollten sie von „Cherry" und „Apple" bitter vermisst werden!

Als ihr letzter Tag in Japan heraufdämmerte, hatten Felix und Franziska nach dem ersten Glas Wein seit mehr als einer Woche tief und fest geschlafen. Ein allerletztes Mal gingen sie mit den beiden Hunden spazieren, dann packte Franziska den Koffer, in dem jetzt noch eine buntbemalte hölzerne Ente Platz finden musste, der sie in einem der Andenkenläden von Tsumago nicht hatte widerstehen können.

Mittags kochte Misako für ihre Gäste Omochi, einen käseartigen Zieh-Reis, den die Japaner sonst nur zu besonderen Festtagen wie zum Beispiel Neujahr essen. Nach dem Essen bot Franziska an, die Küche aufzuräumen, während Misako sich um ihre Wäsche kümmerte. Franziska hatte schon bemerkt, dass die beiden Japanerinnen, Mutter sowie Tochter, jeden Tag die gesamte Kleidung frisch anzogen. Nicht nur die Unterwäsche, auch Jeans, Blusen oder Pullis landeten nach einmaligem Tragen allabendlich im Wäscheeimer im Bad. Kein Wunder, dass Misako reichlich Arbeit mit Waschen und Bügeln hatte, zumal sie sich wie selbstverständlich auch um die Kleidung der erwachsenen Tochter kümmerte. Da blieb wohl wenig Zeit für die Küche übrig. Der Herd, so stellte Franziska fest, war völlig verklebt und verschmiert von Fett, und auch die Dunstabzugshaube war mit einem braunen Film überzogen. Die Töpfe hatten samt und sonders schwarze Ränder, hier war Großreinemachen angesagt! Franziska rief ihren Felix zu Hilfe, und zu zweit schafften sie es in Rekordzeit, Misakos Küche in einen blitzblanken Zustand zu versetzten, so dass sie von dieser kaum wiedererkannt wurde. Sauber und hell strahlten Töpfe, Pfannen, Herd und Abzugshaube.

Zum Abschied wollten Felix und Franziska Misako, deren Mutter und Tochter Yoko zum Abendessen in ein Restaurant einladen. Misako schlug ein China-Lokal vor, sie hatte ganz offensichtlich mittlerweile erkannt, dass die japanische Kost europäische Zungen nicht in Begeisterung versetzen konnte. Wie in Japan üblich, war das Lokal überfüllt, die kleine Gesellschaft musste eine halbe Stunde auf der Straße warten, bis sie an der Reihe war und ein Tisch frei wurde. Für Franziska und Felix wurde es ein unterhaltsamer Abend, Misako war eifrig mit Übersetzen beschäftigt und brachte den Taschencomputer mehr zum Einsatz als die Essstäbchen. Ihre Mutter, die beim ersten Treffen vor einer Woche die Erschöpfung der beiden Gäste bemerkt und sie in Ruhe gelassen hatte, stellte nun unendlich viele Fragen an das exotische deutsche Paar. Wie viele Kinder sie hätten, ob schon Enkel da wären, ob die Eltern noch lebten, welche Verwandten es gäbe, Geschwister, Neffen, Nichten... Franziska kramte in ihren Gehirnwindungen und hatte das Gefühl, einen kompletten Stammbaum auf Englisch konstruieren zu müssen. Dann erzählte sie von Kiel und vom Meer, das auch in Nagoya ganz nah, dessen Freizeitwert für die Japaner aber gleich Null war. Von den drei japanischen Frauen hatte nicht eine jemals schwimmen gelernt. Für Franziskas Schilderungen von Strandspaziergängen, Sonnenbaden und Bootstouren fehlte ihnen jedes Verständnis.

Felix wurde für seinen versierten Umgang mit den Essstäbchen bewundert, er hatte aus der Not heraus gelernt, mit diesen unhandlichen Stöckchen zu essen, da er sonst mit Sicherheit in diesem Land verhungert wäre. Aber auch die perfekte Handhabung der Stäbchen hatte nicht verhindern können, dass er seinen Gürtel inzwischen zwei Löcher enger schnallen konnte. Das

Aussehen der Lebensmittel stand hier nun mal im umgekehrten Verhältnis zum Geschmack, und die winzigen Mengen waren vielleicht einem japanischen Magen angemessen, ein ausgewachsener Norddeutscher wurde von ein paar Gramm Fisch, einem Hauch Gemüse und einem Schälchen Reis ganz bestimmt nicht satt! Nur gut, dass morgen die Reise weiter ging nach Australien. Beim Gedanken an ein saftiges Steak mit Pommes und Ketchup lief Felix das Wasser im Mund zusammen. Dazu würde er zwei oder drei Gläser Bier zischen. Und einen Whisky trinken!

Mit dem japanischen Wunderzug Shinkansen fuhren Felix und Franziska zusammen mit Misako nach Kioto. Der Zug war tatsächlich ein Wunder an Schnelligkeit und Sauberkeit, bei jedem Aufenthalt fiel eine Putzkolonne ein und säuberte Boden und Sitze von den reichlich herumliegenden Essenresten. Jeder Japaner hatte als Proviant das obligatorische Holzkistchen dabei, in dem sich neben Fischhäppchen und Reisbällchen noch einiges Undefinierbares tummelte, das zwar sehr bunt aussah, von dem Felix aber lieber nicht probieren würde.

In Kioto ging es mit dem hoffnungslos überfüllten Bus zum genauso überfüllten Tempel. Rot, grün und grau schillerten üppig geschwungene Dächer, die in kunstvollen Schnitzereien ausliefen. In der Menschenmenge entdeckte Franziska eine Japanerin im Kimono, ein seltenes Bild. Sie ließ Felix` Hand los und drängelte sich mit Mühe hinterher, durch eine Gruppe älterer, mit Sonnenschirmen bewaffneter Frauen, wobei sich die

Strebe eines Schirms in ihren blonden Locken verfing. Ein unverständliches Palaver in höchsten Tönen prasselte auf Franziska ein, offensichtlich waren die alten Damen beeindruckt von der europäischen Haarfarbe. Hände streckten sich aus, griffen in die Locken und wollten ihre Echtheit prüfen. Franziska grauste es, mit ein paar entschuldigenden Gesten versuchte sie dem Geschnatter zu entkommen, reckte sich, und tatsächlich, da vorn war immer noch die Japanerin in ihrer Tracht zu sehen. Die wollte sie unbedingt fotografieren! Schließlich schaffte sie es, eine Lücke in dem Gewühl auszunutzen und den Kimono mit ihrer Kamera zu erwischen. Sie hatte ihn in zwischen all den Menschen zwar nur von hinten und nur abschnittsweise aufnehmen können, erst den Kragen, dann den Obi, und zuletzt den Saum mit den winzigen Schuhen darunter, ein regelrechtes Puzzle, trotzdem war sie zufrieden und hielt nun Ausschau nach Felix und nach ihrer Freundin Misako. Felix, mindestens ein Kopf größer als alle Japaner rundum, müsste doch von weitem zu sehen sein! Aber nichts, kein Felix und keine Misako. Es war nicht das erste Mal, dass sie Felix irgendwo verloren hatte, versuchte Franziska ihr aufgeregt klopfendes Herz zu beruhigen. Und sie wusste schon, welchen Spruch sie von ihm zu hören bekommen würde: „Du kannst machen, was du willst, Hauptsache, ich habe dich unter Kontrolle!"

Franziska wurde mit der Menschenmenge zu einem Brunnen geschoben, wo sie warten musste, bis jemand ihr eine Schöpfkelle in die Hand drückte. In einer langen Schlange zogen die Menschen an Wasser speienden Drachen vorbei und bemühten sich, möglichst viel von dem Nass aufzufangen und zu trinken. Stirnrunzelnd betrachtete Franziska die an einem Stiel befestigte Kelle ihrer Hand. Wer hatte da heute schon alles draus getrunken? Nein, auf diese Erfrischung konnte sie verzichten. Und dann glitt ein Strahlen über ihr Gesicht, am Ende des Brunnenwegs wurde sie von Felix und Misako erwartet. Misako erklärte, dass die Kellen alle nach Benutzung mit Ultraschall gereinigt würden, Franziska hätte durchaus von dem heiligen Wasser trinken können, das Gesundheit und langes Leben verhieß. Felix schmunzelte, er hatte ordentlich zugelangt. „Nun wirst du mich nicht mehr los! Und merk dir, du kannst machen, was du willst, Hauptsache, ich habe dich unter Kontrolle!"

Wegen Zeitmangel blieb es bei dem einen von 3000 Tempeln in Kyoto, da abends in Osaka der Flieger nach Brisbane starten sollte. Der Zug fuhr sehr rasant durch Osaka, eine Riesenstadt mit mehr als vier Millionen Einwohnern. Hochhäuser zogen vorbei, Wohnblocks, Patchinko-Spiel-Hallen von ungeahntem Ausmaß und Einkaufszentren, auf deren Dächern Ein-Loch-Golfplätze installiert waren. Felix und Franziska drückten fasziniert ihre Nasen an der Scheibe platt. Ein Vergnügungspark kam in Sicht, dessen riesige Loopingbahn sich tatsächlich um ein benachbartes Hochhaus schlängelte! Dazwischen Plastik-Planen-Slums und immer wieder mal ein altes japanisches Holzhaus. Schließlich verließ der Zug den Moloch von Stadt und fuhr über einen Damm durchs Meer auf eine künstliche Insel zum hochmodernen Flughafen. Misako assistierte bei allen notwendigen Formalitäten, hier wie überall fühlten sich Felix und Franziska als taubstumme Analphabeten, mit englischen Beschriftungen gingen die Japaner auch am Flughafen mehr als sparsam um.

Auf einer elektronischen Anzeigetafel wurden die Abflüge angekündigt. Felix suchte Brisbane und fand PISSPANN. Ob das der japanische Name für die australische Stadt war? Kannten die Japaner etwa kein „B"? Standen sie mit dem „R" genauso auf Kriegsfuß wie die Chinesen? Nein, Misako konnte den Namen „Franzi" problemlos aussprechen, „Flanzi" hätte auch blöd geklungen.

Plötzlich setzten sich die Buchstaben auf der Tafel in Bewegung, aus PISSPANN wurde erst BISSBANN, wenig später BISSBRAN und endlich BRISBANN. Aha, nicht am „R", sondern am „E" mangelte es aus unerfindlichen Gründen!

Felix konstatierte, dass noch genügend Zeit blieb, um im Duty-Free-Shop eine Flasche Whisky einzukaufen. Davon würde er zusammen mit seinem Freund Paul in Armidale einen ordentlichen Schluck nehmen!

Der Abschied von Misako gestaltete sich sehr traurig, würden sie sich jemals wiedersehen? Umarmen ging leider nicht, das wäre nicht schicklich gewesen. Viele Verbeugungen, Domo arigato, und endlich passte auch Sayonara. „Misako, come to visit us in Germany!" Ein letzter verstohlener Händedruck, Winken, Ade Japan.

Australien

Im Flugzeug von Osaka nach Brisbane boten die Sitze am Emergency-Exit genügend Platz, so dass Felix und Franziska in weiche Decken gewickelt schlafen konnten. Um drei Uhr früh wurden sie mit einem australischen Frühstück aus Muffins, Obst und Joghurt geweckt, landeten pünktlich und konnten gleich darauf ihr vorbestelltes Auto in Empfang nehmen. Ein „Riesenschiff" fand Franziska, als sie den geräumigen Ford mit ihrem praktischen Kleinwagen im fernen Kiel verglich. Felix setzte sich hinters Steuer, das auf der falschen Seite eingebaut war, und hoffte, seine Erfahrung mit dem japanischen Linksverkehr würde ihm zugute kommen. Aber in Japan hatte Misako ihren Wagen gelenkt, hier war er selbst gefordert. So entwickelte sich Felix' erste Fahrt in einem Land mit Linksverkehr zur wahren Herausforderung. Ganz vorsichtig und äußerst langsam fuhr Felix auf den Highway, immer schön links, und daher auch gleich versehentlich die erste Ausfahrt wieder runter.

Eine Viertelstunde lang kreuzten Felix und Franziska nun durch ein zu dieser frühen Morgenstunde noch verschlafenes Wohngebiet mit adretten kleinen Bungalows und gepflegten Gärten, bis sie zurück auf den Highway Richtung Süden fanden, um ihn dann hinter der Brücke über den Brisbane River wieder zu verlieren. So erkundeten sie ausgiebig Brisbanes Vororte, bis irgendwann ein Hinweis Richtung Goldcoast sie wieder auf den richtigen Kurs brachte.

Da im Auto alles seitenverkehrt angeordnet war, ging immer dann, wenn Felix blinken wollte, der Scheibenwischer los. Felix schimpfte wie ein Rohrspatz, auf das Auto, auf die Straßen, auf Australien und auf die ganze Reise. Hatte er in seinem Alter es überhaupt noch nötig, sich diesen Stress anzutun? Zu Hause könnte er jetzt am Wasser entlang bummeln und es sich gut gehen lassen! Oder, so stellte er nach einem Blick auf die Uhr fest, am Frühstückstisch sitzen und bei einer Tasse Kaffee die Zeitung lesen. Statt dessen plagte er sich mit einem Auto ab, das störrisch war wie ein Esel und ihm seinen eigenen Willen aufzwang. Franziska seufzte erleichtert, als die Goldcoast erreicht war und sie ihre Füße im Meer baden konnte. Zusammen mit Felix bestaunte sie riesige bunte Appartementhäuser und einen endlosen Strand. Es war immer noch früh am Morgen und heiß, heiß, heiß! Kein Fitzelchen Schatten, die ersten Jogger und Surfer ließen sich blicken, wie konnte man es hier länger als eine oder zwei Stunden aushalten?

Weiter ging es mit dem Auto, mittags in einem Pub gab es dann endlich etwas anderes zu essen als Reis. Franziska freute sich über Fisch und Chips, und Felix kaute begeistert an einem zähen Steak herum. Nach einem Blick auf die Straßenkarte schlug Franziska vor, nach Armidale, wo Felix' Freund Paul lebte, statt auf dem Highway über eine einsame Nebenstraße durch die Berge zu fahren. Felix, der inzwischen den störrischen Esel namens „Ford" so halbwegs dressiert hatte, begann die Fahrt zu genießen und fühlte sich als Pionier, der Neuland erforscht. Kein anderer Wagen begegnete ihm, die Straße war verlassen, ganz allein mit seiner Franziska musste er dieses Abenteuer bestehen! Ab und zu eine Farm, urwüchsiges Gehölz, verbrannte Eukalyptuswälder, Rauch in der Luft und noch Hitze im Boden. Schließlich wollte auch Franziska ans Steuer, prompt wurde die einsame Nebenstraße zur staubigen Schotterpiste, langsam und vorsichtig kurvte Franziska an Abgründen entlang, nur noch wilder Busch rechts und links, und dann saß da tatsächlich ein Känguru am Straßenrand und winkte!

„Felix, der Sprit geht zu Ende!" Obwohl Franziska angespannt hinterm Steuer saß und hochkonzentriert durch den Urwald lenkte, hatte sie einen Blick auf die Tankanzeige riskiert. Was nun? Sie stoppte den Wagen am Rand der Piste, in dieser Krisensituation ließ sie doch lieber wieder Felix ans Lenkrad. Dass es hier im einsamen australischen Busch keine Tankstelle gibt, wer konnte das ahnen? Felix' Pioniergeist verflüchtigte sich im Nu und machte einer ausgewachsenen Panik Platz. Bis Armidale war es noch weit. Was, wenn er mit Franziska in der einsamen Wildnis übernachten müsste? Sie hatten nichts zu essen und nichts zu trinken dabei und keine Vorstellung davon, wie kalt es hier in den Bergen nachts werden würde. Die letzte Begegnung mit einem anderen Auto lag Stunden zurück, und von den spärlichen Briefkästen am Rand der Piste, die auf abgelegene Farmen hinwiesen, hatten sie schon lange keinen mehr gesehen.

„Was geht schneller, verdursten oder erfrieren?" fragte Felix, als er den Wagen wieder startete. Der Ford ruckelte ein bisschen, fuhr dann aber brav an, und Felix war dankbar, dass es leicht bergab ging. Vor der nächsten Steigung, deren Anblick ihm Kopfzerbrechen bereitete - würde er es dort hinauf noch schaffen? - tauchte plötzlich im grünen Dickicht ein zerbeultes Hinweisschild auf, „Wollomombi". Geistesgegenwärtig und schwungvoll bog Felix in den schmalen unebenen Weg ein, der in Serpentinen den Berg hinunter führte. Nach zwei oder drei Kilometern noch ein kurzes Stück bergauf, und dann hatte Felix es geschafft. Mit dem allerletzten Tropfen Benzin und viel Herzklopfen kam er in Wollomombi an, einem winzigen Dorf, wo er den Wagen vor der Tankstelle ausrollen ließ. Die Tankstelle sah aus wie von 1910 und war Kneipe, Krämerladen, Post und Dorfzentrum in einem. Hier war die Zeit stehen geblieben. Aber Felix' Geldkarte wurde akzeptiert, etwas, das er in Japan nicht erlebt hatte, er mochte es kaum glauben. Das Wagnis, von der staubigen Straße abzubiegen hin zu dem Dorf mit dem unaussprechlichen Namen hatte sich gelohnt, es ging weiter!

Am Abend war Armidale erreicht und nach mehrmaligem Fragen Pauls Haus gefunden. Felix und Franziska waren in Australiens höchstgelegener Stadt angekommen, und in 1000 Meter Höhe war es kalt, kalt, kalt! Aber der Empfang war warm und herzlich.

Über den Whisky hatte Paul sich gefreut und ihn ganz schnell an einem sicheren Platz weit hinten im Schrank verstaut. Felix hatte der Literflasche traurige Blicke hinterher geschickt und mit einem Seufzer am Orangensaft genippt, den Rita ihm anbot. Immerhin war der Saft eine gewaltige Verbesserung im Vergleich zu Japans Grünem Tee.

In Armidale war jetzt, im Oktober, das Frühjahr mit eiskalten Nächten angebrochen, leider fanden es Rita und Paul nicht mehr kalt genug um zu heizen. Nach einer Nacht unter dicken Decken war Sightseeing angesagt, Armidale präsentierte sich als eine kleine entzückende Universitätsstadt mit einem gewissen Laura-Ashley-Charme. Wunderschöne alte und neue Wohngebiete, ein blitzblankes Stadtzentrum mit viel Grün, überall begegneten Felix und Franziska Papageien und Macpies, große australische Elstern. Beide waren sehr überrascht von den ordentlichen Reihen gepflegter Bungalows mit weiß gestrichenen hölzernen Veranden und akkurat bepflanzten Vorgärten. Eher hätten sie in Japan Sauberkeit und Ordnung erwartet und in Australien eine gewisse Liederlichkeit, und nun war es genau umgekehrt. Einziger Schandfleck war die am Stadtrand liegende Siedlung der Aboriginees. Diesem Urvolk ließ sich offensichtlich, von Ausnahmen abgesehen, nicht die europäische Sesshaftigkeit beibringen. Rita erklärte, dass die in Häuser gepferchten schwarzen Menschen sich dort nicht wohl fühlten, und dass ihnen der Sinn für die Pflege ihrer Umgebung völlig fehle.

Die Kunstwerke der gestalterisch so überaus begabten Ureinwohner jedoch füllten zu einem großen Teil das örtliche Museum. Im angegliederten Museums-Shop konnte Franziska nicht widerstehen und kaufte ein: ein großes viereckiges Stück Baumrinde, das in naiver

Malerei eine Kängurujagd darstellte, einen Bumerang, den sie ihrem Sohn Florian zu Weihnachten schenken wollte, und einen Pullover für sich und einen für Felix, rundherum bedruckt mit Kängurus in rot und grün. Felix dachte nicht daran, jemals als Känguru verkleidet durch Kiel zu hüpfen, aber seine Proteste fruchteten nicht. „Wenn du den Pullover nicht haben willst, bekommt Florian ihn", entschied Franziska, und Felix bedauerte insgeheim schon mal seinen Sohn.

Zusammen mit Paul und Rita besuchten Felix und Franziska das Mt. Yarrowyck Nature Reserve. Sie wanderten durch ein Gewirr von riesigen Felsbrocken, zwischen denen beeindruckend hohe Bäume Fuß gefasst hatten, zu uralten Aboriginal Malereien. Die Ureinwohner hatten sich hier in früheren Zeiten einen wunderschönen Platz für ihre Versammlungen ausgesucht, auf einer Anhöhe mit weitem Blick übers Land. Das Wetter war sehr kalt, aber sonnig, und nach einem Picknick, das aus Kuchen, Obst und Saft bestand, lenkte Felix nach Pauls Anweisung den Wagen über einen kaum erkennbaren Weg zur alten Gwydir River Bridge. Diese Brücke existierte allerdings nur noch in Resten, und Felix investierte viel Mühe und Schweiß, um aus alten Balken zwei handgeschmiedete riesige Nägel herauszupulen, die er als Souvenir mitnahm. Franziska hatte vom in Ritas Prospekt angepriesenen „swimming in the river" geträumt, aber zum Baden fehlten dem Rinnsal ein paar Wärmegrade und ein paar Meter Wasser. Nicht weit entfernt vom Picknickplatz, der auch hier nicht fehlte, stand ein „Häuschen mit Herz", und Franziska beschloss, dass sie nun, vor der

Weiterfahrt, die günstige Gelegenheit nutzen könnte. Sie öffnete die Tür des Holzhäuschens, dessen Sauberkeit hier, weit ab von der Zivilisation, zu wünschen übrig ließ, und rümpfte die Nase. Kurz entschlossen klappte sie Klobrille und Klodeckel hoch, um dann beides mit einem lauten Schrei wieder fallen zu lassen und aus dem Häuschen zu stürmen. Franziska flüchtete sich verängstigt in Felix' Arme und berichtete aufgeregt von einer riesengroßen Spinne, - ihre beiden Hände reichten kaum aus, um die Größe anzuzeigen - die auf dem Rand der Kloschüssel gehockt hätte. Keine zehn Pferde brächten sie zurück in das Toilettenhaus! Mit Felix als Wächter verschwand Franziska hinter einem Gebüsch, während Rita in aller Seelenruhe zu dem Holzhäuschen schlenderte, aus dem sie kurz darauf laut lachend wieder heraus kam.

„Franziska hat die Spinne mit der Klobrille erschlagen", sagte sie. „Der Körper liegt noch auf dem Rand der Schüssel, die langen Beine hängen rechts und links herunter. So ist wohl noch nie eine Spinne zu Tode gekommen." Auch Paul wollte sich ausschütteln vor Lachen, während Franziska noch der Schreck im Gesicht geschrieben stand, als sie zwischen den Büschen wieder auftauchte. Felix wurde es ganz mulmig beim Gedanken daran, was seiner Franziska hätte passieren können. Schließlich hatten Paul und Rita sie ausdrücklich vor Giftspinnen gewarnt. Am Morgen mussten die Kleidungsstücke vor dem Anziehen sorgfältig ausgeschüttelt und auf Ungeziefer hin überprüft werden. Damit die Warnung auch wirklich ankam, hatte Rita Bilder aus einem Buch gezeigt, die auf höchst unappetitliche Weise verdeutlichten, was ein Spinnenbiss anrichten kann.

Weiter ging die Fahrt nach Rocky River, zu einer alten Goldgräberstadt. Sie bestaunten die einsam gelegene Schule, als einer der Lehrer herauskam und die kleine Gruppe in seine Klasse einlud. Nun sangen die Kinder für ihre Gäste, und Franziska erzählte, um verständliches Englisch bemüht, von den großen Schiffen in Deutschland, die durch den „Kiel-Channel" von der Ostsee in die Nordsee fahren. Dann berichtete sie von ihrer Reise und versprach den aufmerksam lauschenden kleinen Australiern, von jeder kommenden Station eine Postkarte zu schicken Sie ließ sich die Adresse der Schule geben und hatte nun eine „Brieffreundklasse"! Der Lehrer freute sich und meinte, Franziska solle den Unterricht nur fortführen, dann könne er ja inzwischen Golf spielen gehen.

Das kleine Städtchen Uralla war die letzte Station der heutigen Rundtour. Hier hatte Thunderbolt gelebt und gewirkt, und hier war er auch erschossen worden, „ein charmantes Räuberlein". Dem Frauenheld, eine Art australischer Robin Hood, war das örtliche Museum gewidmet. Überdimensionale Bilder bedeckten ganze Wände und erzählten seine Lebensgeschichte.

Am letzten Tag ihres Aufenthalts in Armidale schickten Felix und Franziska ein großes Paket mit ihren Einkäufen nach Hause, das pünktlich zu Weihnachten in Kiel ankommen sollte. Im Koffer war definitiv kein Platz mehr für weitere Mitbringsel gewesen, zumal

Franziska im Shopping-Center ihre Garderobe um flotte Bermuda-Shorts und ein knallrotes Top erweitert hatte, genau das Richtige für die Südsee!

Abends wurden Paul und Rita zum Abschied in ein Steak-House eingeladen, endlich gab es für Felix ein paar Gläser Bier, sein Freund Paul hatte dem Alkohol ziemlich abgeschworen und trank nur zu besonderen Gelegenheiten einen Schluck. Felix bedauerte insgeheim, dass die Gelegenheit, ihn nach fast 50 Jahren wiederzusehen, für Paul nicht besonders genug gewesen war, um den mitgebrachten Whisky zu öffnen.

Freitag, der Dreizehnte. Es war der dritte, und wie sich noch herausstellen sollte, auch letzte Regentag der ganzen großen Reise. Im Dauerregen fuhren Felix und Franziska über den Highway die 500 Kilometer von Armidale nach Sydney durch eine Landschaft, die, nachdem sie aus den Bergen heraus waren, wenig Abwechslung bot. Das einzige, was auffiel, waren riesige Weinfelder, die sich endlos über flache Hügel erstreckten. In den Außenbezirken von Sydney fragten sie an einer Tankstelle nach dem Weg zur Hertz-Mietwagenstation. Dort sollte ihr Wagen abgegeben werden, der Ford, an den sie sich inzwischen so sehr gewöhnt hatten, dass Franziska überlegte, ob sie sich zu Hause in Kiel nicht doch einmal einen Kombi leisten sollten. Klappe auf, alles rein, Klappe zu, wie praktisch! Der Mann von der Tankstelle versicherte Felix, dass er den Weg in die Innenstadt niemals finden würde, und lotste ihn, indem er mit seinem eigenen Wagen voraus fuhr, fünfzehn Kilometer durch den

Freitagnachmittag-Großstadtverkehr zur angegebenen Adresse mitten im Zentrum. Er bezahlte sogar die 2,20 Dollar Gebühr für die Harbour Bridge. Die 25 Dollar, die Felix ihm als Dankeschön geben wollte, nahm er nicht an. Dieses Geld solle als „Donation" - Spende - verwendet werden. Es würde am nächsten Tag von Felix und Franziska an Rita und Paul in Armidale für ein Hamburger-Essen geschickt werden, da die beiden recht spartanisch von der mageren australischen Rente leben mussten.

Mit dem Taxi fuhren Felix und Franziska von der Hertz-Mietwagenstation zum Hotel Aida und landeten im Superluxus. Sie bezogen eine Suite im 28. Stock mit Wohnzimmer, Schlafzimmer, riesigem Marmorbad und Blick auf das berühmte Opernhaus. Der in raschem australischen Englisch gegebenen Erklärung an der Rezeption, wie sie zu diesem „Upgrade" gekommen waren, konnten sie nicht ganz folgen, gebucht hatten sie ein normales Hotelzimmer. Aber nun war es Genießen pur. Felix und Franziska planschten ausgiebig in der marmornen Badewanne und unternahmen dann einen Spaziergang zur Oper und zu dem Amüsierviertel „Rocks". Es regnete nicht mehr, aber kühl war es. Franziska fröstelte und dachte an die von Rita für Sydney prognostizierten 35 Wärmegrade. Auch bei dem Italiener, den sie sich fürs Abendessen ausguckten, war es kalt und ungemütlich, um so mehr genossen es Felix und Franziska, sich anschließend in der Hotelbar im 36. Stock mit exquisiten Cocktails verwöhnen zu lassen. Der Rundblick von dort oben über die Stadt in ihrem Lichterglanz war traumhaft schön.

Der neue Tag begann für Felix und Franziska mit einem Bad im höchst komfortablen Hotel-Pool, danach hatten sie den nötigen Appetit fürs Frühstücks-Büffet, was die Australier „Buffai" aussprachen. So wie sie aus day „dai" machten und aus say „sai". Das Frühstücks-Buffai hatte mit einem Frühstück ohnehin nichts zu tun und ließ keine Wünsche des internationalen Publikums offen. Für die Australier gab es Bohnen in Tomatensoße mit Spiegeleiern, Speck und Würstchen, für die Japaner Miso-Suppe und Sushi, und für die Chinesen entdeckte Franziska eine Schüssel mit gebratenen Riesenheuschrecken im Honig-Ingwer-Sud. Igitt, die Chinesen aßen offensichtlich Sachen, die Franziska nie im Leben anfassen würde! Schnell wandte sie sich zu ihr vertrauteren Köstlichkeiten und belud einen Teller mit Hummerschwänzen und Garnelen, die sie mit Cocktailsoße dekorierte. Felix hatte butterzarte Lammfilets entdeckt, gleich daneben eine Platte mit rosa gebratenem Roastbeef, es gab Kaninchenragout und Hasenpfeffer, und kleine panierte Schnitzel fehlten ebensowenig wie saftiger Schinken im Blätterteig. Die Vielfalt der Gemüse, Salate, Kartoffel-, Nudel- und Reisgerichte war umwerfend. Felix und Franziska futterten sich durch alle Köstlichkeiten, prosteten sich mit Sekt zu und kosteten abschließend noch das ein oder andere Dessert. Da gab es sahnige Weincreme, die den Namen „Lore's Dream" trug, wohl als Verbeugung an die deutsche Loreley vom Rhein, Himbeermousse, das als „Rocky's Heaven" daherkam, und Schokoladenkuchen mit Eierlikörschaum, der nicht nur wegen der Bezeichnung „Australian Sunset" von Franziska zu ihrem Favoriten auserkoren wurde.

„Ich hätte mit dem Schokoladenkuchen anfangen sollen", stöhnte Franziska, als sie bis obenhin satt war. „Der Eierlikörschaum ist das beste, was ich seit langem gegessen habe. Schade, nun passt nichts mehr rein!"

Um die vielen Kalorien vom Frühstück wieder abzutrainieren, erkundeten Felix und Franziska bei sonnigem Wetter die Stadt zu Fuß. Den ganzen Tag liefen sie durch Sydney, das mit genialem Kontrast von alt und neu beeindruckte, wobei „alt" bestenfalls aus dem vorletzten Jahrhundert stammen konnte. Im Schatten der riesigen Hochhäuser, wahre Paläste aus Glas und Stahl, duckte sich immer mal wieder eine kleine Kirche oder eine alte Häuserzeile aus Backsteingemäuer.

Im botanischen Garten, einem weitläufigem Park, sahen sie vor der weltberühmten Kulisse von Opernhaus und Harbour Bridge eine Gruppe Aboriginees Digeridoo spielen und dazu tanzen. Begeistert fotografierte und filmte Franziska und freute sich, zur richtigen Zeit am richtigen Ort zu sein. Die Naturburschen waren bis auf einen kleinen um die Hüften geschlungenen Stofffetzen nackt und hatten die dunklen Körper einschließlich der Gesichter vollständig mit weißen Mustern bemalt. Mit ihren Haaren, die lang, wirr und zottelig um die Köpfe flogen, sahen die Gestalten zum Fürchten aus, und die dumpfen langgezogenen Töne des Digeridoo erzeugten eine unheimliche Spannung in der Luft. Franziska schoss ein Bild nach dem anderen, dieser Eingeborenentanz vor der Skyline von Sydney war ein einmaliges Motiv!

Auf einem gewaltigen Granitstein, der vor einem uralten Baum platziert war, fand Franziska den Spruch eingemeißelt:
> Hug the trees, talk to the birds.
> Walk on the grass, smell the roses, picnic on the lawns.

Umarme die Bäume, rede mit den Vögeln.
Laufe durch das Gras, rieche den Duft der Rosen,
setze dich zum Picknick auf die Wiese.

Abends hatten Felix und Franziska wieder Hunger und gönnten sich das Fisch-„Buffai" im Hotel, mit Austern, Langusten, Flusskrebsen, Hummer und Kaviar ein wahrer Genuss! Wieder wurde das Ganze von fantasievollen Kuchen und Cremes abgerundet, und wie am Abend zuvor schlürfte Franziska in der Bar mit dem atemberaubenden Ausblick einen Pina Colada.

Neuseeland

Nach der Traumstadt Sydney und dem exklusiven Aida-Hotel konnte alles andere nur enttäuschend sein. In Auckland, das wenige Flugstunden entfernt lag, lebt eine Million von vier Millionen Neuseeländern. Am Flughafen musste Felix seine im Botanischen Garten von Sydney gesammelten Samen und Früchte abgeben, die Einfuhr von allem und jedem und ganz besonders von Pflanzen, Tieren und Nahrungsmitteln war verboten. Und Felix hatte sich schon so sehr darauf gefreut, in seinem heimischen Garten eine australische Ecke zu gestalten!

Auckland präsentierte sich längst nicht so gepflegt wie Sydney, und auf den Straßen sahen Felix und Franziska hauptsächlich Asiaten. Ihr Hotel gehörte zum Sky-Tower-Komplex, der mit exakt 328 Metern das höchste Gebäude der südlichen Hemisphäre darstellt. Abends spazierten sie zum Hafen und aßen dort in einem indischen Lokal, das alle Gerichte in den Schärfestufen „normal", „hot" und „very hot" anbot. Obwohl Felix und Franziska sich für die „normale", also die gemäßigte Version von Lammcurry und Hühnerbrust entschieden, tranken sie zum Essen mehrere Liter Wasser, das ihnen als Service des Restaurants ständig frisch und kühl in großen Kannen auf den Tisch gestellt wurde. Trotzdem schnappte Felix nach Luft und wischte sich den Schweiß von der Stirn.

„Die Feuerwehr hätte zum Löschen kommen müssen", meinte er, „wenn ich das Curry in der scharfen Ausführung bestellt hätte. So sehr brennt mein Mund!" Er streckte Franziska seine Zunge entgegen. „Habe ich schon Brandblasen?" wollte er wissen. Auch Franziskas Hühnerbrust in Erdnusssoße, eine süß-scharfe Köstlichkeit, hatte ihren Gaumen in Aufruhr versetzt. „So scharf gewürzt habe ich meinem ganzen Leben noch nichts gegessen", meinte sie und griff zum Wasser, „gut, dass Indien nicht auf unserer Reiseroute liegt. Über mehrere Tage hätte ich solche Gerichte nicht verkraftet!"

Als Felix und Franziska nach dem indischen Essen in einem Pub einkehrten und mit herrlich herbem Bier ihre brennenden Zungen kühlten, waren sie mit Auckland wieder versöhnt.

Am nächsten Morgen genossenen beide Pool und Sauna auf dem Hoteldachgarten und liefen anschließend zu Fuß mehrere Kilometer am Meer entlang zur „Under-Water-World". In diesem Südpol-Museum und -Aquarium erlebten sie Pinguine und Fische; die gesamte Erforschung der Antarktis wurde hier vermarktet, und Felix und Franziska stellten mit Erstaunen fest, dass sie in Auckland nur noch 5000 Kilometer vom Südpol entfernt waren. Am heißesten Tag des Jahres im Februar hatte das Thermometer nicht mehr als 23° angezeigt! (Später, im Museum von Wellington, würde ein Blick auf die Weltkugel ihnen bewusst machen, dass Kiel vom Nordpol längst nicht so weit weg ist wie Auckland vom Südpol. Auf die Idee, dies kommerziell in Szene zu setzten, war in Kiel nur noch niemand gekommen. „Eine Marktlücke", konstatierte Felix trocken.) Nun war frühes Frühjahr in Neuseeland, und trotz des strahlenden Sonnenscheins war es empfindlich kühl. Ihre neuen bunten Sommersachen, bedauerte Franziska, könne sie wohl bis Tahiti im Koffer lassen. Am nächsten Tag sollte es weiter gehen in Richtung Süden, das bedeutete, es würde noch kälter werden.

Nach der beeindruckenden Unterwasserwelt ruhten sich Felix und Franziska über Wasser auf einem Angelsteg aus. Sie saßen da und ließen die Beine baumeln, als eine kleine Motoryacht auf sie zu hielt. Der Käpt'n winkte und rief ihnen zu, er könne sie mit in die Stadt nehmen. Das ließen sich die Beiden nicht zweimal sagen, es war herrlich, mit dem Boot über die Wellen zu schießen, die Gischt zu spüren und das Glitzern der Sonnenstahlen auf dem Wasser zu beobachten. Und sie brauchten nichts dafür bezahlen! Die Großzügigkeit der Menschen in Australien und Neuseeland war wirklich einzigartig. Sogar in den Museen wurde kein Eintritt verlangt, am Ausgang stand jeweils eine „Donation-Box" und jeder gab soviel er wollte oder konnte. Mit der Schiffstour hatten Felix und Franziska nach der „Under-Water-World" schon die zweite der drei wichtigsten Auckland-Attraktionen abgehakt, die letzte war eine Fahrt auf den Sky-Tower. Da sie Hotelgäste waren, genossen sie diese kostenlos per Gutschein. Und die sechs Extradollar zum Top-Aussichtspunkt durften sie behalten, weil der Kassierer kein Wechselgeld hatte. Ganz oben, mehr als 300 Meter hoch, schweiften die Blicke bis zum Horizont durch die klare Luft über Stadt, Land und Meer. Hochinteressant waren in den Fußboden eingelassene Glasplatten, durch die man tief unten Häuser, Straßen, Menschen und Autos wie in einer Spielzeuglandschaft sah. Felix hatte anfangs Bedenken, über die Glasplatten zu laufen. Würden sie ihn tragen? Oder würde er nach gewaltigem Krachen Hunderte Meter in die Tiefe stürzen?

„Nach dem zu urteilen, was du in Sydney alles gegessen hast, könnte es schon sein, dass die Glasplatten dein Gewicht nicht aushalten", lachte Franziska und hüpfte munter über das Glas. „Schau mal, Felix, dort unten ist das Schwimmbecken, in dem wir heute Morgen geplanscht haben." Tatsächlich, nachdem er vorsichtig erst den einen und dann den anderen Fuß auf das Glas gesetzt hatte, erkannte Felix streichholzschachtelklein das blaue Becken tief unter sich.

Am Abend, da waren Felix und Franziska sich einig, wollten sie nochmals beim Inder essen. So scharf die exotischen Gerichte waren, so verlockend waren sie auch. Schon in Malaysia hatte die würzige asiatische Küche sie begeistert, aber die indischen Gerichte setzten in Punkto Schärfe allem die Krone auf. Das Lokal war brechend voll, drinnen und trotz der kühlen Temperaturen auch draußen, Felix und Franziska mussten auf einen freien Tisch warten. Bei allen Restaurants war es das gleiche Bild, Menschen über Menschen. Hier kocht wohl niemand zu Hause, vermutete Franziska, in der Stadt gab es schließlich an jeder Ecke einen Imbiss und am Hafen reihte sich ein Lokal ans andere. Eine gewisse Lebensqualität war den Neuseeländern nicht abzusprechen!

Ein Bus brachte Felix und Franziska nach Rotorua, mittags stand als Zwischenstop die Besichtigung der Glühwürmchenhöhlen auf dem Programm. Dreißig Meter unter der Erde erlebten sie eine romantische Kahnfahrt auf einem Fluss unter einem Glühwürmchenhimmel, der auf der Welt wohl einmalig war. 800000 Glühwürmchen lebten in dieser stockfinsteren Höhle! Bei strahlendem Sonnenschein ging die Busfahrt anschließend weiter über eine Straße, die sich durch knallgrüne Hügel schlängelte. Wie ein riesiger Park wirkte die Landschaft rundherum. Überall blühten üppige Büsche in prächtigen Farben, obwohl es so früh im Jahr war, dass die europäischen Bäume noch keine Blätter hatten. Nachmittags war Rotorua erreicht, ein Kurort mit heißen Quellen, malerisch an einem See gelegen.

Gegen Abend wartete wieder ein Bus auf Felix und Franziska, diesmal mit einem echten Maori am Lenkrad, der seine Fahrgäste mit Liedern der Urbevölkerung unterhielt. Schließlich musste jeder ein Lied aus seiner Heimat singen, und es stellte sich heraus, dass Japaner, Amerikaner, Kanadier, Franzosen, Holländer und Felix und Franziska im Bus saßen. Deutsche „machen" Neuseeland im Wohnmobil und nicht als Pauschaltouristen, soviel hatten die Beiden schon begriffen. Nun stimmten sie gemeinsam das schöne Lied an „Wo die Nordseewellen trekken an den Strand..." und ernteten dafür viel Applaus von ihren Mitfahrern. Alsbald war das Ziel erreicht, ein Versammlungsplatz der Maoris, wo ein Programm mit viel Musik, Gesang und Tanz geboten wurde. Es gab das Leben der Maoris zum Anfassen, Wohnhütten konnten besichtigt werden, und Schaukämpfe wurden aufgeführt. Die zur Südsee gehörigen Maoris waren sympathische, fröhliche und intelligente Menschen. Sie integrierten sich offensichtlich problemlos in die ihnen aufgezwungene Kultur und führten ihre Tänze und Gesänge mit viel Stolz und Würde vor. Ein leckeres Essen, in Bananenblättern gegartes Schweinefleisch aus dem Erdofen, bildete den Abschluss des Abends, bevor es unter Absingen fröhlicher Lieder, schließlich war auch Bier reichlich geflossen, mit dem Bus zurück ins Hotel ging. Bei „Muss i denn, muss i denn..." stimmten sogar die Japaner mit ein!

Dank des in Kiel gebuchten „Neuseeland-Komplett-Programms" wartete am nächsten Morgen ein Bus auf Felix und Franziska, der sie mitsamt einer bunten

Gesellschaft aus aller Herren Länder vor einer Schaffarm absetzte. Hier ging es zu wie im Zirkus, in einem vollbesetzten Saal wurden auf der Bühne Schafe aller Rassen vorgeführt, die auch noch diverse Kunststücke beherrschten. Es gab eine Schafspyramide zu sehen mit einem Bock zuoberst, dann liefen die Schafe Ringelreihen zur Country-Musik, und schließlich wurden die Männer unter den Zuschauern aufgefordert, sich an einer „Drinking-Competition" zu beteiligen. Franziska gab ihrem Felix einen Schubs.

„Da musst du mitmachen, Felix, bei dem Trink-Wettbewerb gibt es sicher einen guten neuseeländischen Wein. Oder eine andere Spezialität!" Es war immer noch Vormittag, und nach dem gestrigen Abend stand Felix der Sinn ganz und gar nicht nach Alkoholischem. Und erst recht nicht nach einem Wettbewerb. Aber Franziska gab keine Ruhe, mit einem lauten „Hier, hier!" machte sie auf Felix aufmerksam, der vergeblich bemüht war, sich hinter zwei üppigen Amerikanerinnen zu verstecken. Nichts lenkte den Moderator ab, der nun zielstrebig auf Felix zukam und den Widerstrebenden unter Applaus und Gelächter des Publikums mit einem raschen englischen Redeschwall, von dem Felix nicht viel verstand, zur Bühne begleitete. Da waren schon neun gestandene Kerle versammelt, zwischen denen sich Felix ziemlich schmächtig vorkam. Wie sollte er gegen diese Konkurrenz antrinken? Und mit was? Der Zwei-Meter-Mann rechts von Felix, mit Cowboy-Stiefeln, kariertem Hemd und Western-Hut grinste breit, und die opulente Gestalt auf seiner linken Seite, die in ein überdimensionales grellbuntes Hawaii-Hemd gehüllt war, lachte ihm siegessicher ins Gesicht. Felix konzentrierte sich, schloss die Augen, es dürfte doch nicht so schwer sein, sich in eine kleine Maus zu verwandeln und davon zu flitzen... Doch dann war er ganz froh, dass ihm dieses Kunststück nicht gelang, denn als er die Augen wieder öffnete, tänzelten zu dem Song „Walzing Mathilda" drei junge gutgewachsene Mädchen vor ihm über die Bühne, nur mit äußerst knappen Schaffell-Bikinis bekleidet. Die drei Grazien zauberten Körbe hervor und verteilten daraus Flaschen an die zehn bereit stehenden Männer. Brüllendes Gelächter erfüllte den Saal. Wein? Whisky? Bier? Nichts von alledem. Jeder der Zehn hielt mit verdutztem Gesicht eine milchgefüllte Babyflasche in der Hand. Dem Möchtegern-Cowboy war das Lachen genauso vergangen wie dem Dicken in seinem scheußlich gemusterten Hemd. Nun grinste Felix. Er nahm den Nuckel in den Mund und saugte kräftig. Die lauwarme Milch schmeckte gar nicht mal schlecht. Aber kaum hatte er den ersten Zug getan, hoppelten „määh, määh, määh" zehn Schäfchen auf die Bühne. Aha, so lief hier der Hase, oder, besser gesagt, das Schaf. Nicht die Männer sollten trinken, sondern die Lämmer! Während Franziska eifrig fotografierte, fütterte Felix eines der putzigen Wollknäuel, und dank der von ihm selbst geleisteten Vorarbeit war seine Milchflasche tatsächlich im Nu leer.

„And the winner is...", schallte es aus den Lautsprechern, „...Felix!"

Felix strahlte, die drei Bikini-Mädchen schwebten herbei, es gab Glückwünsche und Küsschen rechts und Küsschen links für ihn, und als Preis bekam er einen Gutschein überreicht: Ein Abendessen in dem Restaurant „Shepherd's Edge".

Am Nachmittag spazierten Felix und Franziska durch das neben ihrem Hotel gelegene Geysir-Gelände, wo die Erde zischte und dampfte, kochendheißes Wasser in Fontänen zum Himmel stob und Holzstege über unheimlich brodelnden Boden führten. Danach erholten sie sich von den Aufregungen des Tages im Thermalbad von 1894. Hier gab es unter freiem Himmel mindestens ein Dutzend Becken mit Wassertemperaturen von 30 bis weit über 40 Grad. Langsam arbeiteten Felix und Franziska sich vor, sie begannen mit dem kühlsten Becken, und als sie schlussendlich in 44 Grad warmes Wasser tauchten, fühlten sie sich wie kurz vor dem Siedepunkt. Das heiße Bad in der kalten klaren Luft unter dem blauen Himmel war eine unglaubliche Wonne! Anschließend suchten und fanden sie das Lokal mit dem schönen Namen „Shepherd's Edge", es war außerhalb des Ortes gelegen, aber ganz idyllisch an einer Straße, die hinauf in die grünen Hügel führte. Oben angekommen waren Felix und Franziska ein bisschen außer Puste, der Blick auf das tiefer liegende Rotorua und den dunkel schillernden See ließ sie jedoch die Strapazen des Anstiegs vergessen.

„Felix, schau dir mal den Himmel an!" Felix schaute und stellte fest, dass der See die Farbe der bedrohlich schwarzen Wolkenberge widerspiegelte, die sich über die Hügel wälzten und die Abendsonne schon gänzlich verdeckt hatten. „Komm schnell hinein in das Lokal, bevor es anfängt zu regnen!" Felix nahm seine Franziska an der Hand und gemeinsam betraten sie das Blockhaus. Innen waren rustikale Holztische aufgestellt und mit Schaffellen bedeckte Bänke. Sie suchten sich einen Platz am Fenster, es wurde nun rasch dunkel und noch während Franziska die handgeschriebene Speisekarte zu entziffern versuchte, erhellte den Raum ein grell leuchtender Blitz, dem ein gewaltiger Donnerschlag folgte. Draußen rauschte der Regen herunter und drinnen gingen die Lichter aus. Die Bedienung kam mit Kerzen, die sie auf den wenigen Tischen verteilte, an denen Gäste saßen, und empfahl als Getränk einen kräftigen neuseeländischen Rotwein. Felix und Franziska hatten ihre Weinflasche bereits halb geleert und hofften auf irgend etwas zu essen für ihren Gutschein, als der Koch, die Schürze stramm um den runden Bauch gebunden, aus seiner Küche kam und bekennen musste, dass der Stromausfall die gesamte Elektrik lahmgelegt hatte, weder Herd noch Backofen funktionierten noch. Er würde trotzdem sein Bestes geben, um die Gäste zufrieden zu stellen. Kurz nachdem der Koch wieder in seine Küche entschwunden war, stellte die Serviererin zwei große Schalen vor Felix und Franziska hin, bis oben hin gefüllt mit Schokoladeneis und gekrönt von einer reichlich bemessenen Portion Sahne, die mit Mokkalikör übergossen war.

„Nun muss der Koch sein Eis loswerden, bevor der Kühlschrank warm wird", sagte Franziska. „Eis als Vorspeise hatten wir noch nie. Ich bin schon gespannt auf den Nachtisch!" Im Schein der Kerze löffelte sie mit Appetit genau wie Felix den Eisbecher leer, dann überbrückte ein Glas Wein die Wartezeit bis zum nächsten Gang, der sich mangels Herd und Backofen als kalte Platte präsentierte. Zu deftigem Landbrot gab es mit Oliven dekorierten Räucherlachs, Lammschinken mit Meerrettichsoße und gepfefferten Schafskäse.

„Da ist dem Koch wohl einiges durcheinander geraten im Kerzenschimmer", meinte Franziska, um dann festzustellen, dass Schinken, Lachs und Käse in der ungewohnten Kombination mit Meerrettich, Oliven und Pfeffer ganz ausgezeichnet schmeckten. Sie pickte die letzten Brotkrümel von ihrem Teller, als der Koch mit einer Kerze in der Hand im Gastraum erschien und stolz verkündete, unter Zuhilfenahme eines alten Gaskochers sei ihm schließlich doch noch ein warmes Gericht gelungen: Gemüsebrühe mit Lammklößchen.

„Suppe zum Dessert! Ich bin satt bis obenhin, Felix, du musst mir helfen!" Franziska stöhnte und schob ihm nach einigen Löffeln der delikaten Brühe ihren Teller zu.

Draußen goss es immer noch in Strömen, als nach dem Essen den Gästen ein Getränk auf Kosten des Hauses angeboten wurde. Felix bestellte für sich und seine Franziska noch zwei Gläser von dem kräftigen Rotwein, und weil es nicht aufhören wollte zu regnen noch eins und noch eins...

Mitternacht war vorbei, als sie endlich in ihren Betten lagen. Der Rückweg zum Hotel war lang geworden. Nachdem das Gewitter endlich abgezogen war und die dicke dunkle Wolkenwand einem Sternenhimmel Platz gemacht hatte, sorgte der gute neuseeländische Rotwein dafür, dass Felix und Franziska in Schlangenlinien hinunter zur Ortschaft liefen, wobei ihnen ein runder Mond wohlwollend zuschaute.

Es donnerte schon wieder, als Felix am nächsten Morgen erwachte. Nein, das war kein Donner! Felix setzte sich erschrocken auf, als er ein lautes Klopfen an der Zimmertür hörte.

„Wer ist da? Was ist los?" fragte er. Unverständliches Englisch war die Antwort. Felix schlüpfte aus dem Bett, öffnete die Tür einen Spalt und sah sich einem älteren Herrn in der Uniform der neuseeländischen Busfahrer gegenüber.

„You are late, it's eight o'clock!" Was, acht Uhr war es? Hatten sie etwa verschlafen? Um acht Uhr sollten sie mit dem Bus nach Otorohanga fahren und von dort weiter mit dem Zug nach Wellington, so sah es der Reiseplan für den heutigen Tag vor.

„Franziska! Wir müssen uns beeilen, der Busfahrer wartet auf uns." Zum ersten Mal war Franziska wirklich dankbar für das von Felix auf einen einzigen Koffer reduzierte Gepäck. Sie schoss aus dem Bett, verschwand für genau anderthalb Minuten im Bad, packte in weiteren zwei Minuten ihre Siebensachen zusammen und sauste dann mit Felix die Treppe hinunter zur Rezeption. Hier bekamen sie eine Tüte mit belegten Broten in die Hand gedrückt, um dann im letzten Moment außer Atem auf die Sitze im Bus zu fallen. Franziska standen die Haare wirr vom Kopf, Felix' T-Shirt war auf links gedreht und er hatte zwei verschiedene Socken an, aber dank des freundlichen Busfahrers, der sie aus dem Bett geholt hatte, konnte die Reise wie geplant weitergehen.

Der fürsorgliche Busfahrer brachte Felix und Franziska in Otorohanga zum Bahnhof und achtete darauf, dass sie in den richtigen Zug stiegen. Die Bahnfahrt führte über die gesamte Nordinsel, der Zug fuhr durch dichten grünen Dschungel, schlängelte sich vorbei an schwindelerregend tiefen Schluchten, tuckerte über himmelhohe Viadukte und überquerte ein Plateau, das von drei schneebedeckten Vulkanen überragt wurde. An der Westküste sahen Felix und Franziska die Sonne in einem schillernden Kaleidoskop von Farben im Meer versinken und erreichten abends mit nur zwei Stunden Verspätung Wellington.

Am nächsten Tag ließ ein Bummel durch die Stadt die Beiden staunen über Menschen, wie man sie kaum irgendwo sonst zu sehen bekommt. Ausgeflippte Typen mit bunten Haaren, Rastalocken, blechbestückten Gesichtern, verrückten Klamotten. Schwule, Hippies, Transvestiten, hier lebte scheinbar jeder mit jedem in friedlicher Koexistenz. Im Museum - Eintritt frei, Donation-Box! - hörten Felix und Franziska ein öffentliches Konzert des neuseeländischen Philharmonieorchesters, das ihnen Schauer über den Körper und Tränen in die Augen trieb. Es war ergreifend, in der buntgemischten Menschenmenge zu stehen und zu erleben, wie die Musik jeden faszinierte.

„We are all in one boat" – Wir sitzen alle in einem Boot – meinte der Dirigent, und so viele Menschen aller Couleur waren mit ihm einig. Die Menschheit sollte musizieren, statt sich zu bekriegen, dachte Franziska.

Es war ein kühler Sonntag mit perfektem sonnigen Wetter, als Felix und Franziska mit der Fähre nach Picton auf der Südinsel fuhren. Kaum hatten sie den schützenden Hafen verlassen, erwischte sie ein Ausläufer der rauen Tasman-See. Das Schiff rollte, stampfte und schlingerte und teilte die Passagiere in zwei Gruppen. Die einen genossen es, den anderen wurde schlecht. Franziska stand an der Reling und jauchzte vor Vergnügen, Felix hielt sich krampfhaft fest und wurde grün um die Nase. „You need? You need?" Großzügig verteilte die Besatzung Spucktüten, aber bevor Felix seine Tüte zum Einsatz bringen musste, war ruhiges Gewässer erreicht. Ein großer Teil der dreistündigen Überfahrt führte durch eine wunderschöne Fjordlandschaft. Grüne dicht bewaldete Hänge begleiteten sie, verwinkelte felsige Buchten und große und winzig kleine Inseln, manchmal nur mit einem einzigen Haus darauf. Und immer wieder Leuchttürme, die sich strahlendweiß vor den grünen Hügeln und dem tiefblauen Meer erhoben. Franziskas Kamera war im Dauereinsatz.

Am Nachmittag war Picton erreicht und eine Reise mit dem Zug nach Christchurch schloss sich an. Die Fahrt, führte direkt am Pazifik entlang, links das Meer, auf der rechten Seite hohe Berge, viele Brücken und Tunnels. Felix und Franziska bedauerten zum ersten Mal, dass sie als Pauschalreisende und nicht mit dem Wohnmobil unterwegs waren. Rücksichtslos fuhr der Zug an den am parallellaufenden Straßenrand angebotenen Hummern vorbei, die dort zu günstigsten Preisen verkauft wurden.

Bei dem abendlichen Bummel durch Christchurch wunderte sich Franziska über die vielen jungen Menschen, die hochsommerlich gekleidet herum liefen, die Männer in Jeans und T-Shirt, die Mädels in kurzen Röcken und Tops. Schon vom Hinschauen bekam sie eine Gänsehaut, obwohl sie als Norddeutsche doch wirklich nicht zimperlich war. Aber so abgehärtet wie die Neuseeländer waren Felix und Franziska noch lange nicht.

Mit der „Gondola" schwebten sie auf den 500 Meter hohen Berg zwischen Christchurch und Littleton. Die Seilbahn erinnerte an die europäischen Alpen, und tatsächlich war sie Schweizer Wertarbeit, wie ein Blick auf das Typenschild bestätigte. Da wunderten sich Felix und Franziska schon gar nicht mehr, als sie später in der Stadt die „Locarno-Street" entdeckten! Aber zunächst genossen sie einen traumhaften Rundblick über die umliegenden Hügel und Buchten, in der Ferne die schneebedeckten Berge auf der einen und das offene Meer auf der anderen Seite. Und wie in den Alpen wanderten sie bergab über schmale Pfade an gewaltigen Felsformationen und üppiger Vegetation vorbei. Mitten durch eine Schaffarm führte der Weg, und begleitet vom Geblöke der Schafe marschierten sie hinunter ins Tal.

Mit Craig, dem absolut schönsten Busfahrer Neuseelands, ging die Reise weiter nach Queenstown. Craig, ein Zwei-Meter-Hüne, gehörte, wie Franziska alsbald feststellte, zur Kategorie „Nur die Harten komm' in Garten". Schon frühmorgens in Christchurch zog er seinen marineblauen Pullover aus und trotzte in strahlendweißem Hemd und blauen Shorts jedem neuseeländischen Wetter, das heute erstmals einen kurzen Regenschauer bescherte.

Der Bus machte Halt auf einem Rastplatz, und Felix fütterte mit kleinen Apfelstücken Keas, die er bisher nur aus dem Kreuzworträtsel kannte. Die grünen Papageien waren außerordentlich zutraulich, ja, sie wurden sogar frech und attackierten Felix' Hosenbein, als die vom Hotelfrühstück mitgebrachten Äpfel verfüttert waren. Schnell rettete Felix sich zurück in den Bus. Bald war der Lake Tekapo erreicht, ein See aus derart intensiv türkisfarbenem Gletscherwasser, dass sie es nicht glauben würde, hätte sie es nicht selbst gesehen, meinte Franziska. Die schneeweißen Hochgebirgsgipfel rundherum ließen das Wasser nur noch kräftiger leuchten. Felix und Franziska betraten eine schlichte Kapelle am Seeufer und staunten über den Ausblick, den eine große in die Rückwand eingelassene Glasscheibe über See und Berge bot.

Busfahrer Craig steuerte nun den Mt. Cook an. Seine Fahrgäste hätten Glück, sagte er, bis vorgestern wäre die Straße wegen Eis und Schnee gesperrt gewesen. Offensichtlich war die Fahrbahn immer noch glatt, der Bus rutschte durch den Schneematsch einige Male gefährlich nahe Richtung Abgrund auf der einen und Richtung Felswand auf der anderen Seite. Felix und Franziska hielten sich krampfhaft an den Händen, sie waren heilfroh, als endlich die Raststätte am Gletscher erreicht war. Hier gab es tropische Urwaldvegetation auf Schneehöhe; teilweise noch eisbedeckte Bohlenbretter ermöglichten ein paar vorsichtige Schritte in den Dschungel, eine Kombination von grüner Hölle mit arktischem Flair.

Gegen Abend war Queenstown, erreicht, ein entzückendes Städtchen am genauso entzückenden See. „Bayern lässt grüßen", stellte Franziska fest, aber das Hotelzimmer ließ diesmal zu wünschen übrig. Es lag in einem Trakt des Hotels, in dem gerade Renovierungsarbeiten stattfanden. Eine einsame Glühbirne schaukelte an der Decke, ein paar Strippen hingen aus den Wänden und warteten auf die Montage der Lampen. Hier würde er nicht nächtigen, beschloss Felix, und zusammen mit Franziska attackierte er die Hotelangestellten an der Rezeption mit deutschem, englischem und spanischem Protest, was zur Folge hatte, dass sie schließlich zwischen zwei Zimmern der besten Kategorie auswählen konnten.

Dann gab es im Restaurant am See ein vorzügliches Abendessen, und der Sonnenuntergang hinter den schneebedeckten Gipfeln hatte Kitschpostkartenformat.

Als Deutsche waren Felix und Franziska wieder einmal sehr exotische Hotelgäste. Deutsche Urlauber in Neuseeland fahren Wohnmobil und brauchen daher kein Hotel! Das Frühstücksbüffet bot für die Asiaten wie üblich Miso-Suppe und Reis, für die Engländer und Amerikaner Eier, Speck und Würstchen und für die einheimischen Gäste Spaghetti und Bohnen. Felix fragte nach Käse, was bei dem angesprochenen Kellner zunächst auf Unverständnis stieß und dann eine hochgezogene Augenbraue bewirkte, als er das Gewünschte endlich brachte.

Frühmorgens um acht ging der Ausflug los zum Milford-Sound, einem tief eingeschnittenen Fjord an der Westküste. Felix und Franziska saßen in einem bis auf den letzten Platz von Japanern besetzten Bus als einzige „Ausländer". Jede Stunde wurde an einem Rastplatz mit Toilette angehalten; dass die Japanerinnen eine kleine Blase haben, wussten Felix und Franziska dank ihres Besuchs bei Misako. Alle Damen standen jedes Mal brav Schlange, dann, nach dem Besuch des Örtchens, noch ein Foto - klick - und es konnte weitergehen. Zwischen den Stops schliefen alle Japaner, sie verhielten sich hier nicht anders als bei sich zu Hause in der U-Bahn.

„Also", sagte Franziska, „wenn es eine Kategorie für neuseeländische Busfahrer gibt: Craig war mit Abstand der Schönste, Jim aus Irland war der, bei dem ich fast jedes Wort verstehen konnte, die Maoris sind die Lustigsten, sie spielen den Alleinunterhalter und lassen die ganze Busbesatzung singen, rudern oder erzählen. Und unser heutiger Fahrer ist der Allerlangweiligste!" Nur von den stündlichen Toilettenpausen unterbrochen ruckelten Felix und Franziska mitsamt dem Bus voller Japaner durch eine raue, wilde Gebirgslandschaft. An zwei oder drei Stellen war die Straße halb weggebrochen und in eine Schlucht gestürzt, so dass nur jeweils ein Fahrzeug mit äußerster Vorsicht passieren konnte. Manche Brücken waren in einem Zustand, dass man nicht mal einen Fußgänger hätte rüberschicken mögen. Aber der Bus schafft es. Hoch oben im Gebirge quetschte er sich im Schleichtempo durch einen einspurigen Tunnel, der rechts, links und oben nicht mehr als zehn Zentimeter Platz ließ. Es war stockdunkel im Bus, Franziska hielt die Luft an und bekam eine Gänsehaut. Nach endlosen zwei Kilometern Finsternis und Mucksmäuschenstille endlich ein Lichtschein, tief unten lag der Milford-Sound! „Felix, schau mal!" Erschrocken richtete Felix sich auf, genau wie alle Japaner um ihn herum hatte er fest geschlafen. Aber nun betrachtete er ebenso entzückt wie Franziska das unglaubliche Panorama, den tief eingeschnittenen Fjord Hunderte Meter unter ihm. Über steile Serpentinen fuhr der Bus abwärts, und am Hafen wartete schon ein Schiff. Der Busfahrer verabschiedete seine Gäste mit einem undeutlichen Gemurmel und dem kaum verständlichen Hinweis, dass die Rückreise nach Queenstown auch per Helikopter möglich sei. Hmm... Franziska überlegte. Sie hatte zwar Angst davor, mit einem Hubschrauber zu fliegen, andererseits wäre es eine Premiere in ihrem und in Felix' Leben, und für ein Abenteuer war sie immer zu haben. Dagegen reizte sie eine nochmalige stundenlange Busfahrt mit unzähligen Pinkelpäuschen keineswegs.

„Abgemacht", sagte sie zu ihrem Felix, „wir wollen fliegen!" Felix war skeptisch. Franziskas Angst vor dem Hubschrauberflug war nichts im Vergleich zu dem Herzklopfen, das er schon bei dem Gedanken daran bekam, in so einem winzigen Flieger sitzen zu müssen. Doch zunächst belohnte eine fantastische Fjordfahrt die Ausflügler für das lange Sitzen im Bus, der Milford-Sound war auch im leichten Nieselregen, der sich pünktlich einstellte, überwältigend. Die Felswände stiegen rechts und links senkrecht an die 2000 Meter hoch aus dem Wasser, das Schiff folgte dem engen, gewundenen Fjord, der mit seinen himmelhoch aufragenden Felsen immer wieder neue, überraschende Ausblicke bot. Wasserfälle, die von ganz oben auf das Schiff zu stürzen schienen, höhlenartige Seitentäler, in denen der Nebel geheimnisvoll waberte, sogar einen Seebär entdeckte Franziska, der sich auf einem winzigen Stückchen Strand räkelte. Nach zwei Stunden war der Anleger wieder erreicht, Felix und Franziska erkundigten sich bei der Information nach ihrem Flug. Es hieß, wegen des Wetters – die Berggipfel hatten sich inzwischen in dicke Wolken gehüllt – würde heute nicht mehr geflogen. Halb erleichtert und halb enttäuscht sahen die Beiden ihren Busfahrer auf sich zu kommen: „You will fly!" Also doch! Bevor sie zum Nachdenken kamen, wurden sie an einem kleinen

Flugplatz ausgeladen und mussten sich mit vier anderen Passagieren in einen winzigen Hubschrauber quetschen, der oben, unten, rechts und links aus nichts als Glas bestand. Urplötzlich ging es los, mit donnerndem Getöse senkrecht hoch in den Nebel hinein. Felswände tauchten auf, an denen der Hubschrauber ganz nah und ganz langsam entlang flog. Franziska stockte der Atem, sie klammerte sich an Felix. Dann war der Nebel verschwunden, Klippen aus Schnee und Eis wurden überflogen, mit angstvoll aufgerissen Augen starrte Franziska in Abgründe, die sich unter ihr auftaten. Die Ausblicke waren unbeschreiblich, und ihr Herzklopfen auch. Der Hubschrauber verschwand in einer Wolke, um ganz kurz vor einer steilen Eiswand in den klaren Himmel hochzusteigen. Dann gab es einen Zwischenstop zum Fotografieren. Der Pilot landete auf einer Felskante am Gletscher, die Kufen ragten über einen schwindelerregend tiefen Abgrund hinaus! „Mir knittern die Zie!" stöhnte Felix, schloss die Augen und weigerte sich auszusteigen. Franziska wagte sich vorsichtig aus der gläsernen Kapsel, stapfte zwei Schritte durch den Schnee und bemühte sich mit bebenden Fingern, ein paar Fotos von dem überwältigenden Hochgebirgspanorama zu schießen. Ganz bestimmt hat der Pilot Frau und Kinder und will heute Abend bei ihnen zu Hause sein, beruhigte sie sich vergeblich, als es weiter ging. Sie meinte, ihr Herzklopfen müsse den Lärm des Hubschraubers übertönen, krampfhaft hielt sie Felix umklammert. Über die blauen Flecken an seinen Armen sollte der sich am nächsten Morgen wundern. In Queenstown angekommen, waren Felix und Franziska wackelig auf den Beinen, schwindelig im Kopf und völlig überwältigt von ihrem Flug. Sie wankten zum nächsten Pub und genehmigten sich jeder einen doppelten Cognac, dann ein paar Gläser Bier und schließlich noch ein saftiges Steak zum Abendessen. Zurück im Hotel entspannten sie im komfortablen Spa, was Felix als „sparkling private athmosphere" interpretierte, ein kochendheißer Whirlpool in einer Hütte im Hotelgarten, ein spezieller Service für die japanischen Gäste. Als sie spät am Abend wieder auf ihr Zimmer gingen, sahen sie vor dem Hotel die restlichen Passagiere aus dem Milford-Sound-Bus steigen.

Eine nicht mehr ganz taufrische irische Lady namens „Pam" sorgte für die Weiterreise. Ziemlich verloren saßen ein Japaner, ein paar Australier und Felix und Franziska in dem riesigen Bus. Den Weg Richtung Westküste begann Pam mit einer abenteuerlichen Abkürzung. Der Bus schraubte sich enge Serpentinen hoch, um dann in halsbrecherischem Tempo über eine sandige Gravelroad durch die Berge zu brettern. „Ich kenne mich hier aus", beruhigte Pam in gut verständlichem irischen Englisch ihre wenigen Fahrgäste. „Ich habe auch ein Navi, kann es aber nicht bedienen. Meine Söhne sagen immer zu mir, ich soll die Finger von jedweder Technik lassen, die nach 1950 erfunden wurde!" Schließlich hatte Pam wieder Asphalt unter den Rädern und fuhr durch eine kahle und wilde Hochgebirgslandschaft mit zahlreichen kleinen Seen. Nachdem ein Pass überquert worden war, begann ganz plötzlich der Regenwald und pünktlich stellte sich das schlechte Westküstenwetter ein. „Wir sind noch gut dran, da es nicht gießt, sondern nur ein wenig nieselt. Hier regnet es über 300 Tage im Jahr!" erklärte Pam. Wo immer der grüne Regenwaldtunnel eine Lücke ließ, tauchte die stürmische, wolkenverhangene Tasman-See auf. Dank der Abkürzung am frühen Morgen blieb nun Zeit für mehrere Foto-Stops und eine Mittagspause bei einer Lachsfarm, wo Felix und Franziska allerlei gebratene und geräucherte Delikatessen probierten. „Nicht nur wir haben ordentlich vom Lachs gekostet, auch der Lachs kostet uns ordentlich!" meinte Felix, als er die Rechnung bezahlte. Am Nachmittag war der Franz-Josef-Glacier erreicht, hier wartete schon Billy, der Gletscher-Führer. Dreißig Kilometer lang und dreihundert Meter dick schob sich das Eis bis ins Tal, direkt am Regenwald entlang. Staunend standen Felix und Franziska vor dem immensen Eisklotz, der mit seinem blauweißen Schimmer einen unglaublichen Kontrast zu dem grünen Urwald bot. Der Gletscher war weiträumig abgesperrt, aber mit Billy als Führer durfte die kleine Gruppe ganz nah ran und jeder konnte - fürs Foto - sogar ein paar ins Eis geschlagene Stufen hochklettern. Billy mahnte zu äußerster Vorsicht und erzählte, dass erst vor drei Tagen einer leichtfertigen Touristin von einem abbrechenden Eisblock ein Bein zerschmettert worden wäre. Mit der richtigen Ausrüstung und Führung könne man allerdings eine Wanderung über den gesamten Gletscher machen, bot Billy seine Dienste an, und Franziska bedauerte zutiefst, dass sie ihr Reiseplan am nächsten Morgen zurück nach Christchurch führen würde.

Diesmal waren Felix und Franziska in einem Hotel mit Touristen aus ihrer deutschen Heimat gelandet. Als sie frühstücken wollten, sahen sie „die Schlacht am kalten Büffet" vor sich. Nun wussten sie die Disziplin der Japaner zu schätzen, auch wenn die für Reis und Miso-Suppe zum Frühstück sorgten. Sie entflohen dem Geschiebe und Gedränge und machten einen Bummel durch den Ort, der so winzig war, dass sie trotz Regen kaum nass wurden auf ihrem Spaziergang. Nach einem verspäteten und ziemlich mageren Frühstück - die deutschen Pauschaltouristen hatten die Hotelküche offensichtlich überfordert - war wieder Pam der Driver. Sie steuerte ihren Bus entlang der Westküste, hielt zum Einkaufen in einer Jade-Fabrik an und dann wurde „Shantytown" besichtigt, eine alte Goldgräberstadt. Amüsiert beobachteten Felix und Franziska eine Gruppe junger Japaner, die sich mit Begeisterung auf das Goldwaschen stürzten. Ob das aus dem Sand gesiebte Gold tatsächlich Gold war, darüber grübeln sie noch heute. In Greymouth setzte Pam sie in den Glacier-Express, der Zug brachte seine Insassen in vier Stunden quer durch die neuseeländischen Alpen nach Christchurch. Neben einigen tollen Ausblicken auf Gipfel und Schluchten, neben vielen Tunnels und abenteuerlichen Brücken waren die Höhepunkte der Fahrt das Schäfchenzählen des Schaffners (er zählte tatsächlich erst seine Passagiere und anschließend die eingesammelten Fahrscheine!) und zwei oder drei Operation-Stops. Ein Operation-Stop bedeutete, dass der Zug anhalten musste, damit der Zugführer aus der Lok steigen und die Weiche stellten konnte.

Nach einem Bummel durch das sonntägliche Christchurch, das sich äußerst malerisch mit Künstlergalerien, Restaurants, Flohmärkten, viel Musik und kunterbunten gutgelaunten Menschen präsentierte, bestiegen Felix und Franziska den Flieger, der sie nach Tahiti bringen sollte. Ade New Zealand, es war schön! Sie verabschiedeten sich von vier Millionen Neuseeländern und vierzig Millionen Schafen.

Südseeparadies

Dank der Datumsgrenze, die sie auf dem Weg in die Südsee überflogen, erlebten sie diesen Sonntag zweimal, ein Phänomen, das weder Felix noch Franziska so richtig begriffen. Wie kann man am Sonntagnachmittag in Neuseeland abfliegen und am frühen Sonntagmorgen auf Tahiti landen? Felix überlegte, ob dieser geschenkte Tag im Reisebüro bezahlt worden wäre. Noch im Dunkeln landeten Felix und Franziska in Papeete, trotz der nächtlichen Stunde wurden sie von Hula-Mädchen mit Blütenketten empfangen. Es war feucht-heiß, das Hotel, wunderschön im polynesischen Stil gebaut, ganz offen, leicht und luftig, bestand nur Säulen und Dächern. „Ein Glück, dass wenigstens unser Zimmer vier Wände hat", meinte Franziska. Nach dem Frühstück räkelte sie sich zusammen mit Felix im Hotelgarten am Meer in einer Hängematte unter Palmen und beobachte die Menschen, die zum Sonntagsessen ins Hotel kamen. Es waren viele Einheimische darunter, die meist üppigen Frauen alle in wunderschönen Farben gekleidet und mit Blütenkränzen im Haar.

Am Nachmittag landeten sie nach einem kurzen Flug auf Bora Bora. Der Flughafen, auf einem vorgelagerten Inselchen gelegen, ließ sie nach den Ausblicken, die schon der Flug geboten hatte, die grandiose Inselkulisse noch einmal vom Pendelboot aus erleben. Im Hotel präsentierte sich die Südsee wie im Bilderbuch. Ihr Zimmer war über und über mit riesigen roten Blüten dekoriert, bis hin zum Klosettdeckel! Die Aussicht vom Balkon auf Palmen und Meer, auf kleine Inseln, Riff, Lagune und Berge fand Franziska einfach traumhaft. Zum erstenmal schwamm sie zusammen mit Felix in der lauen Südsee, das Wasser schillerte zwischen blau und türkis, mal hell und mal dunkler, Korallen und Seeigel leuchteten auf dem Grund und Seegras kitzelte die Füße. Ein Schwarm knallbunter Fische schoss aus den Korallen hervor und umschwärmte Felix. „Morgen nehme ich den Fotoapparat mit ins Wasser", versicherte ihm Franziska.

Da das Hotel Fahrräder für seine Gäste bereithielt, war es keine Frage, Felix und Franziska würden die Insel per Rad erkunden. Doch zuvor wollten sie sich mit einem morgendlichen Bad im ebenso blauen wie lauen Meer erfrischen. Mit dem Fotoapparat in der Hand, ihren bunt gestreiften Sonnenhut auf dem Kopf, stand Franziska im hüfthohen Wasser und bemühte sich, Felix und die bunten Fische, die ihn umkreisen, auf den Chip zu bannen. Noch ein paar Schritte vor, ein wenig nach rechts... „Autsch!" Sie schrie auf, Felix drehte sich um, sah den Sonnenhut auf dem Wasser schwimmen - Franziska war weg. Aus dem Meer ragte nur ihre Hand, deren Finger den Fotoapparat fest umkrallten. Beherzt tauchte Felix unter und rettete Franziska aus ihrer misslichen Lage. Prustend kamen beide hoch, Franziska redete schon, während noch Wasserfontänen aus ihrem Mund sprudelten. „Ich bin auf einem Stein ausgerutscht und dann hat etwas ganz heftig in mein Bein gestochen!" Sie schüttelte sich und ließ schillernde Tropfen aus ihren Haaren sprühen. Dann klammerte sie sich an Felix, balancierte auf ihrem linken Bein und brachte das rechte ans Tageslicht. „Oh je!" Felix begutachtete den Schaden. Er zählte fünf abgebrochene Stacheln eines Seeigels, die in Franziskas hübsch gerundeter Wade steckten. Da hatten auch die festsitzenden Badeschuhe aus lila Plastik mit Blümchenverzierung nichts genutzt. Zurück im Hotelzimmer kramte Franziska eine Pinzette hervor und operierte unter lautem Stöhnen ihr Bein. Noch ein großes Pflaster darüber, dann konnte sie wieder lachen. „Hauptsache, dem Fotoapparat und unseren Bildern ist nichts passiert!" Sie strahlte Felix an: „Jetzt können wir Rad fahren."

Die Hotelfahrräder waren in einem desolaten Zustand und furchtbar unbequem. Schon bald fühlten sich Felix und Franziska genauso kaputt wie ihre Räder. Die Unternehmung, Bora Bora mit dem Fahrrad zu umrunden, erwies sich als reichlich ernüchternd, was die Inselromantik und Franziskas Südseeträume betraf. Nachdem sie den komfortablen Hotelbereich verlassen hatten, stellten sie fest, dass der Straßengraben als

Abfallgrube fungierte. Sie radelten an Blechhütten und baufälligen Häusern vorbei, den Domizilen der Inselbewohner. Malerische polynesische Strohhütten und Strohdächer sahen sie nur bei den hin und wieder an der einzigen Straße liegenden sehr luxuriösen Hotels. „Schau mal, Felix!" Franziska hatte ein schrottreifes Auto entdeckt, das unter Palmen am Straßenrand abgestellt war, überwuchert von dunkelroten Blüten, die aus den leeren Fensterhöhlen rankten. „Es ist ein Segen, dass die Natur hier so verschwenderisch ist und allen Müll irgendwann mit Grün und Blumen zudeckt." Allerdings waren auch die Maraes, steinerne polynesische Kultstätten, von Grün und Blumen verdeckt und daher nur schwer auffindbar. Kein Hinweis, kein Schild; erst nachdem Franziska ihre Französischkenntnisse hervorgekramt und mehrfach gefragt hatte, fanden sie an einem abgelegenen Stand die halbwegs überwucherten und mit leeren Plastikflaschen dekorierten Steine. „Das taugt nicht mal für ein Foto", stellte Franziska enttäuscht fest und setzte sich auf ein paar Grasbüschel, während Felix die alten Steine nach Schriftzeichen absuchte. Franziska streckte ihre müden Glieder aus und schaute hoch in einen Himmel, der sich zunehmend bewölkte. Plötzlich spürte sie einen Stich an ihrer Wade - und noch einen, und noch einen. Während sie aufsprang, überlegte sie, ob ein Seeigel sich an den Strand verirrt haben könnte, schaute auf ihre Beine - und schrie! Felix hörte seine Franziska schreien, sah, wie sie wild um sich schlagend herumsprang und war im Nu bei ihr. Eine Horde riesiger Ameisen hatte ihre Beine erobert und marschierte schnurstracks unter den Rand ihrer Bermuda-Shorts.

Entschlossen zog Felix ihr Hose und Slip herunter und bevor die Ameisen noch größeres Unheil anrichten konnten, hatte er sie von Franziskas Schenkeln, Po und Bauch gewischt. Tatsächlich, bis dahin hatten sich einige der eifrigen Krabbeler vorgewagt!

Und dann fing es an zu regnen. Eilig strampelten Felix und Franziska ins nächste Dorf, wo sie vor einer Imbissbude ein paar Einheimische sitzen sahen. Ja, sie könnten unter den großen Schirm kommen und Bier gäbe es auch, wurde ihnen auf ihr Fragen hin versichert. Das Bier war zu warm und zu wenig, eine neue Lieferung käme morgen oder übermorgen oder über-übermorgen, so genau schien das keiner zu wissen. Egal, dachte Felix, übermorgen werden wir auf der nächsten Insel sein. Und er teilte sich mit Franziska den letzten Schluck. Was dann geschah, entschädigte sie für alle Widerwärtigkeiten dieses Tages. Einer der Männer holte eine Gitarre hervor, ein anderer hatte plötzlich ein banjoähnliches Instrument in der Hand, in leere Bierflaschen wurden Löffel gesteckt, diese Instrumente den Frauen in die Hände gedrückt, und los ging ein lautstarkes Konzert. Felix klatsche hingerissen zum Takt der polynesischen Lieder, während Franziska ununterbrochen filmte. Es war wirklich eine gute Idee gewesen, dass sie sich für die Reise einen neuen Fotoapparat mit Film-Funktion gegönnt hatte! Nun konnte sie den Gesang des kraushaarigen braunhäutigen Mannes im rosa Unterhemd für alle Zeiten festhalten, genauso wie das Löffelklappern der beiden üppigen alten Damen, die mit ihren blütenumkränzten Haaren in offenherzigen knallbunten Tops dasaßen. Dazu das

Gitarrenspiel des Jungen, der sich mit zurückgelegtem Kopf und geschlossen Augen ganz seiner Musik hingab.

Mit quietschenden Reifen hielt ein Jeep, und eine Gruppe Franzosen stieg aus, die die „Tour de l'ile" statt mit dem Rad lieber motorisiert machten. Vernünftig, dachte Felix im stillen, und musste doch grinsen, als er die enttäuschten Gesichter der Touristen sah, die sich auf ein Bier gefreut hatten. Ein Bier, auch wenn es warm war, hatte er schließlich gehabt. Als sie weiter fuhren, riefen die Franzosen seiner Franziska ein bewunderndes „Madame Courage" zu.

„Hör mal, Felix!" Franziska stand vor einer beeindruckenden Holztafel und las eine Liste illustrer Namen vor: „Hier waren schon Marlon Brando, Jane Fonda, Harrison Ford, Prinz Rainier..., die Schönen und Reichen dieser Welt. Und jetzt sind wir hier. Wie sehe ich aus?" Felix begutachtete lächelnd seine Frau. „Deine Locken sind vom Wind perfekt zerzaust, mindestens sieben entzückende Sommersprossen zieren deine Nase, und die kleinen Lachfältchen lassen deine Augen erst richtig strahlen!"

„Felix! Um Himmels Willen!" Mit der rechten Hand griff Franziska ordnend in ihre Haare, mit der linken kramte sie in ihrer Handtasche nach Spiegel und Puderdose.

Wenig später saßen beide in der berühmten Bar „Bloody Mary's", Franziska genoss Schlückchen für

Schlückchen ihren Pina Colada, während Felix sich aus der Cocktailkarte einen Marlon's Special ausgesucht hatte. Dazu naschten sie exotische Früchte und ein knuspriges Gebäck, das nur aus Kokosnuss und Vanillezucker zu bestehen schien.

„Schau mal, ist das dort drüben nicht Heidi Klum?" flüsterte Franziska und lenkte Felix' Blicke an den ausgesucht schönen Südsee-Mädchen am Bartresen vorbei zu einem Tisch im Hintergrund des Lokals.

„Hmm", machte Felix, betrachtete ausgiebig eine schlanke Blondine, die zusammen mit einem dunkelhäutigen Jüngling am Tisch saß, dessen krause Haare Karibik-Feeling verbreiteten und so gar nicht zu Heidis Ehemann Seal passen wollten. Dann sagte er: „Wenn das Heidi Klum ist, wer ist dann ihr Begleiter?"

„Ich könnte sie fragen...", meinte Franziska, aber ein inniger Kuss, den die Blonde und ihr attraktiver Begleiter tauschten, machte alle ihre Hoffnungen zunichte. Dass Heidi Klum eine neue Liebe hat, würden ihr die Freundinnen zu Hause nie und nimmer glauben!

Franziska ließ einen letzten Blick vom Balkon ihres Hotelzimmers über die wohl schönste Aussicht der Südsee gleiten und verabschiedete sich von Bora Bora, es wurde Zeit für den Flieger nach Huahine.

Am Flughafen waren Flugnummern und Abflugzeiten auf Pappschildern zu lesen und der Flieger hob zehn Minuten zu früh ab. Purer Zufall war es, dass Franziska zur Sicherheit nachgefragt hatte und nun mit Felix im Innern der kleinen Maschine saß, die sie zur Insel Huahine bringen sollte.

Ihr Hotel lag auf einem Motu, einem kleinen vorgelagerten Atoll, das sie über eine schmale Holzbrücke erreichten. Das Hotelzimmer entpuppte sich als eine Hütte am Strand, mit Strohdach und einem überdimensionalen Ventilator. Fasziniert bewunderten Felix und Franziska die dunkle Silhouette der Palmen vor einem tiefrot schillernden Sonnenuntergang, während sie im blauen Wasser des Hotelpools schwammen und hin und wieder von den am Beckenrand abgestellten Cocktails schlürften.

„So, genau so habe ich mit die Südsee vorgestellt", seufzte Franziska glücklich, und als dazu noch ein „Spectacle polynesien" geboten wurde, bei dem junge Südsee-Mädchen ihre Tänze vorführten, war der Abend perfekt.

Gar nicht perfekt war leider die Nacht, die diesem Abend folgte. Der riesige Ventilator schaffte im Vergleich zu der Klimaanlage des Hotels auf Bora Bora keine wirkliche Erleichterung.

„So heiß habe ich mir die Südsee nicht vorgestellt", seufzte Franziska, nun gar nicht mehr glücklich, und wälzte sich in ihrem Bett herum auf der Suche nach einer noch nicht durchgeschwitzten Stelle. Unruhig schlummerte sie dem Morgen entgegen, wurde von Wellenrauschen und Vogelgezwitscher geweckt und tanzte schon vor dem Frühstück mit den Fischen im Meer.

Wie in warme Watte gepackt tropften die Tage auf Huahine dahin. Träumen im Schatten raschelnder Palmen, Baden im Pool und im lauen Meer.

Bei der Abreise las Franziska am Flughafen den Spruch „Le sejour inoubliable dont vouz rêvez".

Huahine warb mit dem Slogan: „Der unvergessliche Aufenthalt Ihrer Träume".

„Am nachhaltigsten wird mich mein Sonnenbrand an die Zeit auf Huahine erinnern", stöhnte Franziska, als sie sich vorsichtig in den Sitz des Fliegers sinken ließ, der sie nach Moorea bringen sollte.

Dort empfing sie ein ganz angenehmer tropischer Regenguss, aber damit hatten sich die guten Seiten von Moorea schon erledigt. Das Hotel war in einem desolaten Zustand, da tröstete auch nicht die Aussage des Chefs, dass es in Kürze geschlossen und vollständig renoviert werden würde. Felix und Franziska bezogen einen Über-Wasser-Bungalow, eine Hütte auf Stelzen im Meer, zu der ein schwankender Steg führte. An einer kleinen Terrasse aus maroden Holzbalken, die beide nur mit äußerster Vorsicht zu betreten wagten, war eine Strickleiter befestigt. Rasch zog Franziska ihren Badeanzug an und hangelte sich der glitschigen Leiter hinunter in den zwei Meter tiefer gelegenen Ozean. Während sie ihre brennenden Schultern kühlte, inspizierte Felix den ramponierten Kühlschrank, vor dem sich eine Wasserpfütze gebildet hatte, die nichts Gutes verhieß, und ließ sich probeweise auf das durchgelegene Bett fallen. Eine Hängematte wäre dagegen ein wahrer Luxus, dachte er, sortierte seine Glieder und überlegte, wie er aus den Tiefen der Matratze wieder auf festen Boden gelangen sollte. Da hörte er von draußen ein gewaltiges Platschen und einen lauten Schrei, überraschte sich selbst mit einem eleganten Sprung, stand wieder auf seinen zwei Beinen und stürzte hinaus auf die Terrasse. Er sah Franziska im Wasser prustend mit den Seilen der Strickleiter kämpfen, in der sich ihre Arme und Beine verheddert hatten. Dem Versuch, wieder hinauf auf die Terrasse zu gelangen, hatte das fadenscheinige Gebilde offensichtlich nicht stand gehalten! Mit Hose, Hemd und Sandalen bekleidet sprang Felix ins Meer, stellte fest, dass er dort bequem stehen konnte, und entwirrte in aller Ruhe das Knäuel aus Strickleiter und Franziska.

„Um wieder in unser Häuschen zu gelangen, müssen wir jetzt den Umweg über den Strand nehmen", konstatierte er und strebte dem Ufer zu. Mit einem Seitenblick stellte er fest, dass in Höhe des Badezimmers ein dickes Rohr in die Lagune führte. Aha! Auf weitere Badefreuden in der Lagune wollten er und seine Franziska dann doch lieber verzichten, schließlich war ihre Hütte nur eine von vielen in der weitläufigen Auf-Stelzen-Siedlung.

Der wieder getrocknete Felix betrachtete kritisch das Restaurant des Über-Wasser-Hotels und beschloss, hier nichts zu essen. Ließ doch die Sauberkeit auf den ersten Blick zu wünschen übrig. Franziska zog erschrocken den Kopf ein, als ein großer grauer Vogel über sie hinweg schwirrte und seine Hinterlassenschaft auf eine nicht mehr ganz weiße Tischdecke fallen ließ.

„Wir kaufen Brot, Wein und Käse und essen auf unserer Terrasse", schlug Felix vor und machte sich mit Franziska auf den Weg. „Rechts oder links herum?" fragte er, als sie an der belebten Straße standen, die an ihrem Hotel vorbeiführte. „Links liegt der Flughafen, von dem wir gekommen sind", erinnerte sich Franziska. „Dort gibt es kilometerweit nur Palmen und Strand. Eine Siedlung müsste also rechts liegen." Zwischen hupenden Autos, in Staub und Hitze, zog der Weg sich in die Länge. Franziska stöhnte. „Meine Füße schmerzen!" „Meine auch!" stimmte Felix ein. „Sollen wir umkehren?" „Und hungern? Nein! Irgendwo muss es hier doch eine Ortschaft und eine Einkaufsmöglichkeit geben. Irgendwo wollen doch alle diese Autos hin." Tapfer marschierte Franziska weiter am Straßenrand. Ihre Ausdauer wurde belohnt, ein kleines Dorf und ein kleiner Laden tauchten nach gefühlten zwanzig Kilometern auf. Ein Blick auf seine Uhr belehrte Felix, dass sie nur wenig mehr als eine Stunde unterwegs gewesen waren.

Nach dem Einkauf von Wein und Käse, Tomaten, Zwiebeln und Brot ließen sich beide erschöpft in ein Taxi fallen. Beim Abendessen auf ihrer Terrasse wurden Felix und Franziska dann für die Mühen des Tages reich belohnt mit Sonnenuntergang, mit Wellenrauschen vom Riff und Südseeklängen, die vom Strand herüber wehten. In dieser Nacht schliefen sie tief und fest, ohne zu schwitzen, durch die Ritzen in den Bretterwänden ihres desolaten Häuschens wehte eine frische Meeresbrise.

„Zum Glück bleiben wir hier nur zwei Tage", freute sich Franziska, als sie von Felix in einem Auslegerboot über die Lagune geschippert wurde. „Morgen geht es mit der Fähre zurück nach Tahiti und dann weiter zu den Marquesas-Inseln!" Der Abschied von Moorea und dem renovierungsbedürftigen Über-Wasser-Hotel fiel ihr wahrlich nicht schwer!

Nach einer rasanten Überfahrt mit der Fähre erreichten Felix und Franziska das Sheraton-Hotel von Papeete. Die Zivilisation hatte sie wieder, vom Balkon ihres exklusiven Zimmers aus sahen sie Moorea im Sonnenuntergang liegen, und aus der sicheren Entfernung von siebzehn Kilometern sah die Insel wirklich wunderschön aus! Die Beiden badeten ausgiebig im riesigen Pool, schlemmten im Restaurant und genehmigten sich einen Cocktail an der Bar. Der Luxus, den das Sheraton bot, war reine Freude.

„Morgen fliegen wir zu den Marquesas-Inseln", sagte Franziska zu ihrem Felix. „Dann geht unsere Reise mit der „Atollonia" los. Wer weiß, was uns auf dem Schiff erwartet." Sie war auf alles gefasst.

Drei Stunden mussten Felix und Franziska in dem kleinen Flieger ausharren, bis er zur Zwischenlandung auf Nuku Hiva ansetzte – ein ödes, trockenes Eiland, stellte Franziska fest und war froh, als es nach kurzem Aufenthalt in einer stickigen Wellblechbude, die sich hochtrabend Aérodrome nannte, weiter ging nach Hiva Oa. Beim Anflug präsentierte sich diese Insel ganz in Grün, voll üppiger Vegetation. Schon unterwegs im Flieger hatte Franziska die anderen Fluggäste gemustert und überlegt, wer wohl ihre Mitreisenden auf der Marquesas-Rundreise sein würden. Etwa der alte Mann mit grauer Mähne und Wallebart? Oder das junge Paar, das auf dem ganzen Flug kein Wort gewechselt hatte, weil die Frau ununterbrochen ihre Nase in ein Buch gesteckt hielt? Sie hatte richtig getippt. Mit drei Paaren fanden sie sich in einer kleinen Halle um ein Schild mit der Aufschrift „Atollonia" zusammen, das von einem stämmigen Marquesianer in die Höhe gehalten wurde. Es waren der junge Mann mit seiner Frau, die ihr Buch – ein Harry-Potter-Roman, stellte Franziska mit einem Seitenblick fest – noch immer in der Hand hielt, der alte Herr mit Wallebart und einer Begleitung, die seine Tochter hätte sein können, und zwei lebhaft miteinander italienisch palavernde Männer im mittleren Alter.

„Mesdames, messieurs! Je suis Palomo, le capitaine", tönte es aus dem Mund des Einheimischen, der auf Beinen wie Säulen im Gedränge stand und mit seiner Größe die meisten Umstehenden überragte. Und „Votre bagage, votre bagage!" ging es weiter. Aha, Palomo, unser Kapitän, dachte Franziska und folgte ihm samt den Mitreisenden aus der drückenden Hitze des Gebäudes in Freie. Aus einem Kofferstapel durfte sich jeder sein Gepäck heraus suchen, im Nu hatten alle ihre Koffer in der Hand, nur Felix und Franziska nicht. Was nun? Etwas blass um die Nase wandte sich Franziska an den Kapitän. Sie kramte dazu ihr bestes Schulfranzösisch aus dem Hinterkopf, aber es nutze nichts. Ihr Koffer sei entweder auf beim Zwischenstop auf Nuku Hiva geblieben oder in Papeete gar nicht erst eingeladen worden. Schlimmstenfalls befinde er sich in irgendeinem Flieger und reise gerade um die Welt. Aber, so fuhr Palomo fort, es gebe ein Not-Paket von der Insel-Air-Line. Und vielleicht würde ihr Gepäck ja am nächsten Tag nachkommen. Nur Geduld!

Tatsächlich bekamen Felix und Franziska wenig später jeder eine Plastiktüte mit einem malerischen Aufdruck von Riff und Lagune in die Hand gedrückt und durften dann mit den übrigen drei Paaren und deren Koffern – Franziska betrachtete neidisch das umfangreiche Gepäck – in einem klapprigen Minibus Platz nehmen. Am Hafen erwartete sie der Katamaran, und auf dem Schiff eine geräumige Kabine mit Dusche und WC.

„Wenigstens das hat geklappt!" seufzte Franziska erleichtert und ließ sich auf das breite Bett sinken, um nun endlich den Inhalt der Plastiktüten zu inspizieren. Sie förderte als erstes ein knallgelbes T-Shirt zu Tage mit dem gleichen Aufdruck von Riff und Lagune, der auch die Tüte zierte. Es folgte ein kleiner Beutel mit Papiertüchern, Zahnbürste und Zahnpasta, ein Probedöschen Hautcreme und Shampoo. Als letztes fischte Franziska mit spitzen Fingern eine Packung Kondome aus der Tüte.

„Und das haben wir in doppelter Ausführung, Felix", schmunzelte sie. „Ich werde gut auf dich aufpassen müssen!"

Beim Abendessen, es gab Garnelen mit Reis und reichlich Wein dazu, lernten Felix und Franziska ihre Mitreisenden kennen. Heidi und Heiner aus Heidelberg waren auf Hochzeitsreise, was Franziska angesichts der Harry-Potter-Lesewut nie vermutet hätte, Maurice war Franzose und die hübsche junge Frau an seiner Seite, Monique, tatsächlich seine Tochter, die beiden flotten Italiener, Lorenzo und Roberto, waren gar keine Italiener sondern Schweizer aus dem schönen Lugano im Tessin.

Kapitän Palomo wurde unterstützt von seinem Matrosen Marcel und von Yvonne, einer jungen Französin, die für die Küche zuständig war. Die Bordsprache sollte Französisch sein, was Felix von vornherein bedauert hatte, da er dieser schönen Sprache nicht mächtig war, aber nun stellte sich heraus, dass Lorenzo und Roberto als Schweizer mit dem Deutschen kein Problem hatten. Monique sprach Englisch, und so konnte sich auch ihr Vater über den Umweg Deutsch-Englisch-Französisch an der Unterhaltung beteiligen.

Als Yvonne zum Nachtisch eine riesengroße Ananas auf den Tisch stellte, diese geschickt zerteilte und die Stücke mit den Worten „Bon pour le peau!" an ihre Passagiere verteilte, glaubte sogar Felix, Französisch zu verstehen. „Aha, gut für den Popo", übersetzte er und aß mit Genuss.

Früh am nächsten Morgen warteten zwei Jeeps auf die Reisenden, zuerst wurden die Gräber von Paul Gauguin und Jaques Brel besichtigt, wunderschön gelegen hoch über einer zauberhaften Bucht. Dann erforschten sie die alten Wohnstätten der Insulaner aus der Zeit vor Ankunft der Spanier. Nach dem Mittagessen in einem Inselrestaurant stand die Besichtigung des Gauguin-Museums auf dem Programm. Es gab klima- und kostenbedingt keine Originale hier, aber gute Kopien von Gauguins berühmten Bildern.

Die Abreise mit dem Katamaran wurde auf den Abend verschoben, das verschollene Gepäck von Felix und Franziska sollte mit dem heutigen Flieger nachkommen. Das tat es aber nicht. Na ja, tröstete sich Franziska, wenn wir nach Hause kommen, brauchen wir wenigstens keine schmutzige Wäsche waschen. Und dann streifte sie mit Felix durch die kleinen Kramläden am Hafen auf der Suche nach Kleidung und Badesachen. Tatsächlich kamen sie mit reicher Ausbeute zurück aufs Schiff. Sie hatten Unterwäsche in bunten Farben gekauft, eine karottenrote Jeans für Felix; und einen blaugeblümten Wickelrock mit dazu passender Rüschenbluse, diverse T-Shirts und sogar einen Badeanzug hatte Franziska ergattert.

Sie erwachten in einer idyllischen Bucht von Fatu Hiva. Nach dem Frühstück wurde das winzige Dorf besucht. „Hier können sie Kinder und Tapas machen, sonst nichts", flüsterte Felix seiner Franziska zu. Um die offensichtlich notleidende Bevölkerung zu unterstützen, kauften sie ein Tapa, ein Stück flach geklopfte und bemalte Baumfaser. Der Nachmittag verging mit einer Siesta, mit Schwimmen und Angeln, wobei Kapitän Palomo Erfolg hatte, so dass Yvonne frisch gebratene Fischfilets zum Abendessen servieren konnte. Am anderen Morgen sollte es früh weiter gehen nach Tahu Hata. Bei hohem Wellengang genossen Felix und Franziska die Fahrt vorn auf dem Trapez wie auf einem Trampolin. Das Boot schaukelt wild und reichlich nasse Güsse stürzen von allen Seiten auf sie ein. Bei der Hitze ein pures Vergnügen! Ihre Tabletten gegen Seekrankheit verschenkte Franziska an Heike, die kurz ihren Kopf aus der Kabine steckte und das fröhliche Treiben mit grünlichem Gesicht neidvoll betrachtete.

Die Tage ähnelten sich. An wildromantischen, zerklüfteten Küsten führte die Reise entlang, in einsamen Buchten wurde gebadet, und wenn ein Dorf auftauchte, wurde angelegt. Die Menschen lebten in Schmutz und Armut, aber mittendrin fand sich oft eine Kirche vom Allerfeinsten. Franziska konnte es nicht glauben. Alles in ihr sträubte sich, diesen Kontrast mit dem Foto festzuhalten. Unser Gott, wenn es ihn denn gibt, dachte sie, kann doch nicht gewollt haben, dass man diesen Menschen ihre Kultur wegnimmt. Die jungen Burschen hatten fantastische Tätowierungen, klassische Marquesas-Motive zogen sich über ihre Arme und Füße. Und dann saßen sie in einer Ecke auf dem Boden mit einer Batterie Bierflaschen vor sich.

Auf Ua Huka schließlich waren Mannschaft und Passagiere zu einem Barbecue eingeladen, verbunden mit der Geburtstagsfeier für zwei einheimische Brüder.

Eine Ziege und ein Schwein waren geschlachtet worden, die ganze Großfamilie mit Vater, Mutter, mit Onkel und Tanten, Omas und Opas und unzähligen Kindern wuselte in Aufruhr durcheinander. Felix fragte sich, ob die beiden Brüder jede Woche - immer wenn das Schiff hier anlegte - Geburtstag hatten. Es wurde ein überaus lustiger Abend mit viel Gelächter, viel Musik, Gesang und Tanz.

Am nächsten Morgen, einem Sonntag, scheuchte Palomo seine verschlafenen Passagiere früh aus den Kojen, um acht Uhr hatten sich alle brav in der Kirche zur Messe einzufinden. Der Grillmeister vom Abend zuvor fungierte als Vorbeter, einen Priester gab es hier nicht. Die Kirche war voll, die Geburtstagsbrüder waren mit ihrem Gitarrenspiel dabei, und es wurde so laut und schön gesungen, dass Franziska Gänsehaut auf ihren Armen spürte. Das Beten und Singen in der Kirche hatte keine Ähnlichkeit mit dem Gottesdienst, so wie sie ihn kannte. Alles mutete überaus polynesisch an, statt der Hostien, die am Ende aus einer Art wunderschön geschnitztem Marterpfahl geholt und verteilt wurden, könnten auch ein paar gut gebratene Arme und Beine aus dem Erdofen verspeist werden, dachte Franziska. Das Originalfoto des letzten Kannibalen hatte sie schließlich im Museum von Ua Huka bewundern dürfen.

Nuku Hiva. Le dernier jour de la cruisière. Der letzte Tag der Kreuzfahrt. Sie ankerten in einer malerischen einsamen Bucht, die nur zu Fuß, mit dem Pferd oder per Schiff erreichbar sei, wie Palomo erklärte. Aber eine kleine Kirche gab es, obwohl hier kein Mensch lebte. Die Missionare haben ganze Arbeit geleistet, dachte Franziska. Das Marae, oder besser die Reste davon, die sich neben der Kirche befanden, waren mit Müll übersät. Traurig! Zu Fuß liefen Felix, Franziska und ihre Mitreisenden über einen Bergrücken in die nächste Bucht, dort wurden sie von Palomo mit dem Schiff abgeholt. Vor der Weiterfahrt führte Palomo seine Gäste zu einer *Site archeologique*, einem Freilicht-Museum, wo es Vorratsbehälter für die Gefangenen in Form von riesigen Gruben und Kochstellen für die Mahlzeiten aus Menschenfleisch zu bestaunen gab. Die Marquesianer hier hatten das große Plus, über einen Bach und damit über Wasser zu verfügen. Dieses Wasser tauschten sie einst gegen kleine Kinder der Stämme aus trockenen Gebieten, und so hatten sie immer was Gutes zu essen! Palomo meinte, wenn die Missionare nicht gekommen wären, würde er, der groß und kräftig sei, heute noch seine Feinde erschlagen und aufessen.

Franziska war der Appetit vergangen, und da es heute nur rohen Fisch zu essen gab, - Yvonne hatte offensichtlich keine Lust mehr, zu kochen und servierte die Filets mit Zitronensaft als „Sushi" - begnügte sie sich mit Brot und Wein. Da es der letzte Abend der Kreuzfahrt war, gab Palomo Champagner aus, und alle schauten wehmütig in den Sonnenuntergang.

Am Flughafen musste Palomo irgendeinen Zaubertrick angewandt haben, Felix bekam den verschollenen Koffer in die Hand gedrückt! Ein Mini-Flieger brachte die Reisenden nach Papeete, von wo es nach kurzem Aufenthalt weiter ging Richtung Heimat. Nach sieben Wochen freuten sich Felix und Franziska unbändig auf ihr geliebtes Kiel! Schließlich landeten sie in Deutschland, müde und mit matten Gliedern, aber glücklich. Sie hatten die gesamte Erdkugel in östlicher Richtung umrundet, es war, um es mit Rita in Australien zu sagen „the travel of their lifetime", die Reise ihres Lebens.

Felix und Franziska radeln um den Bodensee

Franziska schaute sich im Fernsehen einen Bericht über das „Schwäbische Meer" an. Der Bodensee, aha! Von milden Herbsttagen war dort die Rede, von Äpfeln, Birnen, Pflaumen und Weintrauben, die in der warmen Sonne prächtig gediehen, sogar baden könne man noch in den vom langen Sommer aufgewärmten Fluten. Franziska sah aus dem Fenster und betrachtete den Kieler Himmel, über den ein frischer Wind dicke graue Wolken schob. Hier im Norden war der Sommer unwiederbringlich vorbei. Warum nicht einen Ausflug in den Süden der Republik machen? Sie setzte sich vor ihren Computer, befragte das Internet und fand einen Radweg, der gut ausgebaut und bequem um den gesamten Bodensee führte. Der Gedanke, das „Schwäbische Meer" per Rad zu umrunden, gefiel ihr zunehmend besser, je länger sie von Ort zu Ort klickte. Abseits der Hauptstraßen, immer am See entlang, herrlich! Jetzt musste nur noch ein Zug gefunden werden, der sie und Felix samt Fahrräder dorthin transportieren würde. Da verließ sie sich doch lieber auf die professionelle Hilfe eines Reisebüros, zog ihren Mantel über und marschierte in die Innenstadt.

„Felix, schau mal", Franziska wedelte mit einem dicken Paket Fahrscheine, Reservierungs- und Fahrradkarten vor Felix' Nase herum. Der war gerade von der Gärtnerei zurück gekommen, wo er lila leuchtende Erikastauden für die Herbstbepflanzung des Vorgartens gekauft hatte. „Wir fahren an den Bodensee!" Erstaunt sank Felix auf einen Stuhl und ließ sich von seiner Franziska die genaue Reiseplanung erklären.

„Nächsten Mittwoch geht es los, ich habe Fahrkarten zum Sparpreis bekommen." Kein Wunder, dachte Felix, wer macht denn Ende September noch Urlaub? Aber die Idee gefiel ihm, und Franziskas Spontaneität konnte ihn jetzt, nach fast vierzig Jahren Ehe, nicht mehr erschüttern.

An einem späten Abend radelten Felix und Franziska zum Bahnhof. Der Zug nach Neumünster wartete schon, also hinein mit den Fahrrädern samt vollgepackter Taschen.

„Nur sieben Minuten Aufenthalt haben wir in Neumünster", sagte Franziska, „aber es gibt dort einen Aufzug, mit dem wir die Räder transportieren können."

Bei dem Versuch, sein Rad zusammen mit Franziskas Rad im viel zu kleinen Aufzug zu verstauen, blieb Felix in der sich schließenden Aufzugtür stecken. Halb drinnen und halb draußen kämpfte er mit Rädern und Gepäck, mit sich verheddernden Pedalen und Lenkern. Als er es geschafft hatte, sein Rad zurück auf den Bahnsteig zu manövrieren, sauste Franziskas Gefährt in die Tiefe, und mit den Worten „Da drüben auf Gleis fünf fährt gleich unser Zug ab!" sauste sie hinterher. Sie lief die Treppe hinab, während Felix alle seine Kräfte zusammennahm, sein beladenes Rad schulterte und die Stufen hinunter schleppte. Vor dem Aufzug zu Gleis fünf warteten drei ältere wohlbeleibte Damen mit riesigen Koffern. Keine Chance, auch nur eines ihrer Fahrräder hier hoch zu schicken, konstatierte Felix blitzschnell, holte tief Luft, packte erneut sein Rad und wuchtete es auf den Bahnsteig. Franziska kam nicht weit in dem Bemühen, es ihm nachzumachen. Nach den ersten drei Treppenstufen kippte ihr Rad um, und sie rief hilfesuchend nach Felix. Gemeinsam hievten sie das Rad auf den Bahnsteig, suchten und fanden Wagen 101, und kaum waren sie mit ihren Rädern drin, als der Zug sich in Bewegung setzte. Erschöpft fiel Felix auf den nächstbesten Sitz.

„So etwas mache ich nicht noch mal!" stöhnte er.
„Wir müssen nur noch in Nürnberg und Augsburg umsteigen", tröstete ihn Franziska, und Felix hoffte auf ausreichend große Aufzüge und ausreichend viel Zeit.

Nachdem die Räder mit stabilen Gurten sicher befestigt waren, suchten Felix und Franziska ihre Plätze. Im Sonderpreis von Kiel zum Bodensee war die Reservierung im Liegewagen enthalten. „Abteil 88", repetierte Franziska, „Platz 30 und 33. Ich habe im Reisebüro darauf geachtet, dass wir die beiden unteren Betten bekommen." Mit einer Fahrradtasche in jeder Hand und mit Felix im Schlepptau schob sie sich durch den engen Gang, vorbei an drängelnden Menschen und diversen Gepäckstücken, bis sie ihr Abteil gefunden hatte. Felix traf es wie ein Schlag. Er öffnete die Tür und fand sich den drei Damen gegenüber, die er kurz zuvor am Bahnhof vor dem Aufzug hatte warten sehen. Zwei wühlten in ihren Koffern, die auf den unteren

Betten abgestellt waren, die dritte stand da im blauseidenen Unterkleid, das ihre strammen Formen nur unzureichend verhüllte, und reckte sich, um Bluse und Rock am Haken neben dem Fenster aufzuhängen.

„Wir sind hier falsch!" Schnell klappte Felix die Tür wieder zu, während Franziska prüfend in ihre Unterlagen schaute. „Wir sind hier richtig. Auf der Reservierung steht: Wagen 101, Abteil 88, Platz 30 und 33." Entschlossen öffnete sie wieder die Tür und sprach die drei Damen energisch an. „Wir haben in diesem Abteil die beiden unteren Betten reserviert, machen Sie uns bitte Platz!"
„Die unteren Betten und ein mittleres Bett haben *wir* reserviert. Sie können oben schlafen." Zum Beweis zauberte die Blauseidene aus ihrer Fülle eine Platzkarte hervor wie ein Kaninchen aus dem Hut und präsentierte sie dem staunenden Felix. „Lesen sie selbst: Wagen 101, Abteil 88, Platz 30! Meine Schwestern haben die Plätze 33 und 34. Im Übrigen waren wir zuerst hier." Die Karte verschwand wieder zwischen blauer Seide und blassem Fleisch, während Felix und Franziska aus dem Abteil drängten. Im Gang setzten sie sich auf zwei Notsitze und beratschlagten, was zu tun sei.

„Es könnte ein Computerfehler sein", überlegte Franziska, „dass dieselben Plätze zweimal reserviert worden sind. Wir müssen beim Zugpersonal nachfragen, ob es noch andere freie Betten gibt. Bei der Blauseidenen will ich nicht übernachten, und auf gar keinen Fall im oberen Bett!"

„*Unter* der blauen Seide möchte ich erst recht nicht liegen, wer weiß, wie viele Kilos so ein Zugbett aushält", gab Felix zu bedenken. „Und die Schwestern sind auch keine Leichtgewichte!" Der rettende Engel, der ihnen in diesem Moment in Form einer adretten Zugbegleiterin erschien, stand der Situation leider machtlos gegenüber. Die junge Frau prüfte alle Unterlagen, bedauerte den offensichtlichen Fehler und konnte nur mitteilen, dass der Zug so gut wie ausgebucht sei und in keinem anderen Abteil zwei freie Betten zu finden wären. Wenn sie nicht die Nacht auf den Notsitzen verbringen wollten, müssten er und Franziska mit dem Abteil 88 vorlieb nehmen. So viel zum Thema *Wer macht denn Ende September noch Urlaub?* dachte Felix.

Von beiden war akrobatisches Können gefordert, um über eine winzige wackelige Leiter im schwankenden Zug die oberen Betten zu erklimmen. Mit dem Befehl an seine Blase, bis um sechs Uhr in der Frühe Ruhe zu geben, schlief Felix kurz nach Mitternacht ein. Ein dreistimmiges Schnarchkonzert weckte ihn nach wenigen Minuten. „Ruhe!" donnerte er empört. Unter ihm schnaufte, stöhnte und rumorte es, dann herrschte tatsächlich Stille. Aber nur solange, bis er gerade wieder eingeschlummert war. „Chrrrrrr... schschsch... chrrrrrr" machte der Chor und wetteiferte um die schönsten Schnarchtöne. Dazwischen hörte Felix das Kichern seiner Franziska.

„Ich kann hier nicht schlafen, Felix. Lass uns ein Bier trinken gehen!"

Ja, eine Bar wäre die Rettung aus ihrer misslichen Lage, freute sich Felix, überhaupt wäre alles andere besser als diese Folterkammer hier. Im Dunkeln rutschten sie mehr, als dass sie kletterten, die Leiter hinunter, Franziska landete unsanft auf ihrem Hinterteil, Felix stieß sich den großen Zeh und unterdrückte einen Fluch, aber da sie nur ihre Schuhe ausgezogen, Jeans und Pullover jedoch anbehalten hatten, waren sie schnell aus dem Abteil heraus und wankten durch eine schier endlose Zahl ratternder und klappernder Waggons hindurch zum Zugbistro. Ein freundlicher Kellner verlängerte ihnen zuliebe die Öffnungszeit der kleinen Bar bis um halb drei, und nachdem Felix und Franziska durch den Zug zurück gelaufen und ihr Abteil wiedergefunden hatten – nun war nicht nur das Rattern der Räder an ihrem schwankenden Gang schuld – schafften sie es tatsächlich, noch ein paar Runden zu schlafen. Wobei die Bierchen ihr Recht forderten, Felix musste zwei Boxenstopps auf der Toilette einlegen.

Um sechs Uhr in der Frühe, als der Chor in Abteil 88 sich gerade auf einen dreistimmigen Schlussakkord des nächtlichen Schnarchkonzerts vorbereitete, saßen Felix und Franziska schon beim Frühstück im Bistro. Nachdem ein starker Kaffee die Müdigkeit aus ihren Gliedern vertrieben hatte, verlief der Rest der Reise tatsächlich ohne größere Zwischenfälle. Beim Aufenthalt in Nürnberg fiel Franziska ein, dass sie ihr Cremedöschen auf dem Zugbett hatte liegen lassen, und in Augsburg vermisste sie ihren Lippenstift.

Die Radtour begann daher in Lindau mit der Suche nach einem Drogeriemarkt. Einmal dabei, begnügte sich Franziska nicht mit Creme und Lippenstift, sie kaufte noch eine Dose Haarspray, das gerade im Angebot war, und angesichts des strahlend blauen Himmels, von dem die Mittagssonne lachte, eine große Tube Sonnenmilch. Nachdem sie die Einkäufe in ihrem Fahrradgepäck untergebracht hatte, stellte Franziska fest, dass sie schwitzte. In der dicken Jacke war ihr viel zu warm. Hier am Bodensee herrschten tatsächlich andere Klimaverhältnisse als im frischen Norden. Felix hatte seine Jacke schon ausgezogen, nur, wohin damit? Die Fahrradtaschen waren voll mit Wäsche und Kleidung für eine ganze Woche, irgendwie hatte er es vor der Abfahrt in Kiel geschafft, noch ein paar Äpfel, Kekse und zwei Wasserflaschen zu verstauen. Dazu jetzt Haarspray und Sonnenmilch, für seine Jacke war kein Platz mehr, und erst recht nicht für seine übrigen warmen Sachen. Felix sah die Touristen um sich herum in farbenfroher Sommerkleidung flanieren.

„Ich habe T-Shirts und kurze Hosen für uns eingepackt", sagte Franziska, „aber ich habe nicht darüber nachgedacht, wo wir unsere Jacken, Jeans und Pullover lassen sollen."

Die Radtour setzte sich also in Lindau fort mit der Suche nach einem Fahrradladen. Felix und Franziska erwarben ein schickes Gepäck-Set, bestehend aus zwei geräumigen Taschen mit obendrauf zu befestigendem Koffer. Schweren Herzens versenkte Felix seine alten Fahrradtaschen, die ihm so manche guten Dienste geleistet hatten, in einem Müllcontainer. In luftigen Hosen, kurzärmeligen Hemden und mit Sonnenmilch im Gesicht verließen Felix und Franziska das Geschäft. Sie schauten sich an und brachen in Gelächter aus. Jeder hatte nicht nur einen Tupfer Sonnenmilch auf der Nase, sie hatten jeder auch noch einen Fahrradhelm auf dem Kopf! Ein tüchtiger Verkäufer hatte ihnen nahegelegt, nie mehr „oben ohne" zu fahren, und als Anschauungsobjekt einen abgeschabten Helm präsentiert mit den Worten: „Ohne den wäre meine Schädeldecke weg gewesen!"

„Nun geht es richtig los!" verkündete Franziska und fädelte sich am Hafen in den vorbeiziehenden Strom der Radfahrer ein. Felix mit seinem nun schwer beladenen Rad schlängelte sich hinterher und bemühte sich, den Anschluss an seine Franziska nicht zu verlieren. Im Gewirr der Radfahrer und Spaziergänger war das nicht einfach. Ständig ertönte hinter ihm Geklingel, er wurde überholt oder musste selbst überholen, und nachdem ein rücksichtsloser Rennrad-Fahrer ihn geschnitten und beinahe zu Fall gebracht hätte, stoppte er entnervt, setzte sich auf eine Bank mit Panoramasicht auf den See und wartete auf Franziska. Es dauerte eine gute halbe Stunde, bis diese merkte, dass Felix nicht mehr hinter ihr in Sichtweite war und umkehrte. Dabei stellte sie fest, wie angenehm es sich gegen den Strom radeln ließ.

„Im Internet und in unserem Radwanderführer ist der Weg um den Bodensee rechts herum beschrieben", sagte sie, nachdem sie sich neben Felix auf der Bank niedergelassen hatte. „Aber wir haben es leichter, wenn wir linksrum fahren und das Buch rückwärts lesen."

„Lindau hat uns wieder", schmunzelte Felix wenig später, aber als der Nachmittag sich dem Ende zu neigte und als nach mehr als sechzig Kilometern Überlingen in Sicht kam, war ihm das Schmunzeln vergangen. Seine Waden schmerzten und sein verlängerter Rücken nicht weniger.

„Ich fahre keinen Kilometer weiter", beschloss er und stoppte am malerischen kleinen Hafen zwischen üppig wuchernden Blumenrabatten. Sogar Palmen wuchsen hier im fast mediterranen Klima. Franziska entdeckte ein Touristenbüro und erkundigte sich nach einer Übernachtungsmöglichkeit.

„Es tut uns Leid", bekam sie zu hören, „wir sind völlig ausgebucht hier im Ort. Nur in der Jugendherberge gibt es eventuell noch freie Betten." Ein bisschen mehr als Jugendherbergskomfort schwebte Franziska denn doch vor. „Sie können mit dem Schiff übersetzen und es auf der anderen Seite versuchen", wurde ihr nahegelegt. „Drüben ist nicht so viel los wie hier, und bis Konstanz sind es nur wenige Kilometer. Dort finden Sie mit Sicherheit ein Hotel."

„Wir fahren mit dem Schiff", freute sich Franziska, und zusammen mit Felix genoss sie die Überfahrt. Gleich zwei Gasthäuser präsentierten sich auf der anderen Seite am Ufer, beide mit jeweils einem großen Schild, das Felix im Näherkommen entzifferte: „Zimmer belegt".

„Es ist nicht weit bis zum nächsten Ort." Franziska blätterte in ihrem Fahrradbuch, rückwärts lesen war gar nicht so einfach. „Drei oder vier Kilometer schaffen wir noch!"

Weder im nächsten noch im übernächsten Ort gab es ein freies Zimmer. „Versuchen Sie es in Konstanz", war die Antwort auf alle Fragen. Es dämmerte, als Felix und Franziska an der Insel Mainau vorbeiradelten, deren Besichtigung ein Höhepunkt ihrer Radtour hätte werden sollen. Mit Bedauern schauten sie auf den verschlossenen Eingang zu einem der schönsten Parks weit und breit. Warum hat man kein Hotel hierhin gebaut, fragte sich Franziska, die mittlerweile über das Auftauchen auch der einfachsten Jugendherberge in Begeisterung ausgebrochen wäre. Die „wenigen Kilometer" nach Konstanz summierten sich schon auf nahezu zwanzig. Und nun fing es auch noch an zu regnen! Sie kramte die Regenjacken für sich und Felix aus ihrem Gepäck und war den Tränen nahe. Am Ende aller Kräfte sah sie schließlich die Lichter der Stadt in der Dunkelheit auftauchen.

„Felix, wir haben es geschafft! Jetzt finden wir sicher im Nu ein Hotel."
„Versuchen Sie es außerhalb, hier ist alles voll!" hörte Franziska im ersten, zweiten und dritten Hotel. „Wir kommen von außerhalb und sind in die Stadt geschickt worden", empörte sie sich. Ein Luxushotel gäbe es, da

hätte man mit Sicherheit noch freie Zimmer, wurde ihr mitgeteilt. Und es wäre gar nicht weit.

„Wir haben die Wahl zwischen einer Parkbank und einem Luxushotel", sagte Franziska zu Felix und schaute hoch in die Dunkelheit. Regentropfen klatschten auf ihre Brille. „Der Himmel trifft die Entscheidung!"

Tropfnass stand sie an der Rezeption in der eleganten mit Marmor ausgelegten Eingangshalle des riesigen Hotels und fragte nach einem Zimmer.

„Selbstverständlich, Sie können zwischen zwei Kategorien wählen, Landseite oder Seeseite." Wasser hatte sie heute reichlich gehabt, entschied Franziska. Für die Nacht tat es die günstigere Landseite. Wobei „günstig" absolut nicht das richtige Wort für den exorbitanten Zimmerpreis war. Der Hotelangestellte in schmucker Uniform studierte unablässig einen Bildschirm. Ein flüchtiger Blick traf Franziska. „Brauchen Sie einen Parkplatz? Sind Sie mit dem Wagen da?"

„Ich bin soeben mit dem Hubschrauber gelandet", antwortete Franziska. „Sie sehen doch, den Helm habe ich noch auf dem Kopf!"

„Wir sind im Dunkeln an der Insel Mainau vorbei geradelt und haben sie nicht besichtigen können." Franziska studierte ihren Fahrradführer. „Jetzt liegt Reichenau in der Nähe. Wenn wir uns beeilen, erreichen wir noch das Schiff dorthin." Wenigstens eine Bodensee-Insel wollte sie doch besucht haben! Von

„beeilen" mochte Felix allerdings nichts wissen. „Um eine Karriere als Radrennfahrer zu beginnen, fühle ich mich nicht mehr jung genug", hatte er erklärt, als er nach dem ersten Fahrrad-Tag im Luxusbett des Luxushotels erwacht war und einen Muskelkater spürte, der sich wie alles um ihn herum durch höchste Qualität auszeichnete. Fortan hatte er sich geweigert, mehr als fünfzig Kilometer pro Tag zu radeln, und so war die Tour zum berühmten Rheinfall von Schaffhausen, dessen Wassermassen tosend in die Tiefe stürzen, in großen Teilen per Schiff bewältigt worden. Dass sich die abendliche Zimmersuche in der Schweiz nicht annähernd so schwierig gestaltete wie auf deutscher Seite, mag am schweizerischen Preisniveau gelegen haben. „Wenn der Euro ein Teuro ist", sagte Felix, „dann erlaubt der Franken Preise ohne Schranken!"

Nun saßen sie am Samstagvormittag auf dem belebten Marktplatz des malerischen Städtchens Stein am Rhein. Zwischen buntbemalten mittelalterlichen Häusern tranken sie ihren Cappuccino und schauten zu der hoch über dem Ort thronenden Burg hinauf.

„Es gibt noch eine spätere Verbindung zur Reichenau." Franziska blätterte wieder in ihrem Buch. „Dann sind wir allerdings erst am Nachmittag da und haben nicht genug Zeit, um alle drei Kirchen dort zu besichtigen." Eine Kirche genüge ihm durchaus, meinte Felix. Er wäre auch bereit, eine Kerze anzuzünden und um ein Bett für die Nacht zu beten. Schließlich sei man auf der Reichenau wieder in Deutschland und überdies habe der Wochenendbetrieb begonnen. „Schön, wenn du um ein Bett für die Nacht betest", entgegnete Franziska. „Aber wo bitte soll *ich* schlafen?"

Sie strampelte flott hügelan, einen Kirchturm vor Augen, als Felix ihr zurief, sie möge doch anhalten. „An meinem Rad schleift etwas", sagte er, stieg ab und blickte prüfend auf seinen Hinterreifen. „Oh je, der Mantel ist gerissen!" Tatsächlich, aus einem langen Riss quoll der Schlauch. „Kein Wunder", sagte Felix, „bei dem Gewicht, das auf meinem Rad lastet. Damit komme ich nicht mehr weit, der Schlauch kann jeden Moment platzen." Im Geiste hörte Franziska einen gewaltigen Knall, sah ihren Felix vom Rad fliegen und kopfüber auf die Straße stürzen, eine Vision, deren Verwirklichung es nun zu verhindern galt, auch wenn der Fahrradhelm die schlimmsten Folgen dieses GAUs – dieses größten anzunehmenden Unfalls – abmildern würde.

„Was machen wir nun?" Beide schauten sich hilflos an. „Ich habe ein wenig Flickzeug dabei, aber keinen neuen Mantel. Wir brauchen eine Werkstatt, jetzt, am Samstagnachmittag, hier auf der Insel Reichenau!" Felix steckte die Hände in die Hosentaschen und betrachtete resigniert sein Rad. Inzwischen hatten sich mehrere Radfahrer um die beiden Pechvögel versammelt und sparten nicht mit klugen Ratschlägen.

„Sie hätten einen Ersatz-Mantel mitnehmen müssen!" Wohin denn damit? Felix sah sich mit einem Reifen um seinen Hals den Bodensee umrunden.

„Sie sollten über den Damm nach Konstanz fahren, dort kann man Ihnen vielleicht helfen." Bis Konstanz wären es etliche Kilometer, überlegte Franziska, und ob dort am Samstagnachmittag eine Werkstatt offen hätte? Höchst unwahrscheinlich!
„Am Schiffsanleger können Sie ein neues Fahrrad leihen." Na prima, dachte Felix, und wohin mit dem alten?
„Suchen Sie ein Hotelzimmer und bleiben Sie hier", kam ein Vorschlag von rechts, und „Auf der Insel ist nichts mehr frei", tönte es von links.

Wenige hundert Meter zurück waren sie an einem kleinen Café vorbei gekommen, erinnerte sich Franziska. Dort könnten sie in der Sonne sitzen, einen Kaffee - oder noch besser einen Cognac, oder beides - trinken und überlegen, was zu tun sei. Zusammen mit Felix, der sich mutig auf sein Rad schwang, entfloh sie der diskutierenden Menge, die immer weiter anschwoll, und rollte den Hang hinab. „Pffft" machte es, als Felix vom Rad stieg, der Reifen war endgültig platt.

„Es gibt jemanden auf der Insel, der Fahrräder repariert, nicht weit von hier", sagte die junge Bedienung, als sie Kaffee, Cognac und Kuchen brachte und die Bescherung sah. „Er heißt Kunibert. Aber Kunibert macht die Reparaturen immer nur dienstags und donnerstags." Felix, der schon einen Lichtstreif am Horizont gesehen hatte und nun wieder ernüchtert war, fragte trotzdem: „Würde dieser Kunibert nicht ganz ausnahmsweise einmal eine Ausnahme machen?" „Ich könnte ihn anrufen. Aber ich glaube, Kunibert ist noch im Urlaub.

Er wollte an die Ostsee." „Was für ein Zufall, da kommen wir her. Bitte, rufen Sie Kunibert an. Möglicherweise ist er schon wieder zurück, an der Ostsee scheint die Sonne jetzt im September nicht mehr so warm wie hier." „Gut, ich rufe an. Vielleicht haben Sie Glück." Mit diesen Worten verschwand die junge Frau hinter ihrem Tresen, um kurze Zeit später wieder aufzutauchen, mit einem Lächeln im Gesicht und einem Zettel in der Hand. „Sie hatten Recht, an der Ostsee war es ihm zu kalt und Kunibert ist deshalb früher abgereist. Er ist zu Hause und wartet auf Sie. Hier habe ich Ihnen seine Adresse aufgeschrieben. Ich erkläre Ihnen, wie Sie dorthin finden."

Was für ein Glück, dachte Felix, dass dieser Kunibert so ein Weichei ist und unser norddeutsches Wetter nicht verträgt. Es sollte sich jedoch herausstellen, dass Kunibert keineswegs ein Weichei war, sondern ein gestandener Schwabe, der das norddeutsche Klima mit der klaren Luft und dem frischen Wind durchaus genossen hatte, der aber seiner schwangeren Frau zuliebe, die sich nach der heimatlichen Wärme sehnte, den Urlaub verkürzt hatte.

Die Sonne stand schon tief am Horizont, alle drei Inselkirchen waren im Eiltempo besichtigt worden, in jeder hatte Felix eine Kerze angezündet, sich artig für Kuniberts Hilfe in großer Not bedankt und um zwei Betten für die Nacht gebetet. Nun hatte der Himmel ein Einsehen und ließ ihn mit Franziska das letzte Schiff hinüber zum Schweizer Ufer erwischen. „Zimmer frei ab zwei Nächte" prangte dort ein Schild im Fenster eines alten Gasthauses, dessen tief heruntergezogenes Dach Gemütlichkeit versprach. Felix strahlte: „Morgen ist Sonntag. Schon in der Bibel steht *Am siebten Tage sollst Du ruhen*, hier bleiben wir!"

Mit frischen Kräften radelten Felix und Franziska am Südufer des Sees entlang. Der gestrige Ruhetag hatte beiden gut getan. Nun stärkten sie sich mit Äpfeln, Pflaumen und Trauben, die sie aus riesigen Obstplantagen stibitzten, badeten im immer noch angenehm temperierten Wasser und rasteten schließlich auf einer Bank im Schatten eines ausladenden Walnussbaums. „Hier liegen so viele Nüsse herum, wir könnten sie aufsammeln und zu Hause für Weihnachten trocknen", schlug Franziska vor. Felix wehrte ab, seit Tagen schleppte er völlig überflüssige Jeans, Pullover und dicke Jacken durch die Gegend, da wollte er sich nicht noch mit zusätzlichem Gewicht belasten. Bevor Franziska Überzeugungsarbeit leisten und ihren Willen durchsetzen konnte, tauchte eine Radwandergruppe auf, Rufe ertönten: „Nüsse, Nüsse!", die Radfahrer stiegen ab und sammelten in Windeseile die Walnüsse auf. Dann begann das große Knacken. Mit Hilfe von Steinen oder mit der Kraft starker Hände wurden die harten Schalen geöffnet. Franziska schaute einen Moment erstaunt zu, um dann energisch einzugreifen.

„Halt!" rief sie. „Die Nüsse dürfen Sie nicht essen. Frische Walnüsse sind giftig, sie müssen erst getrocknet werden, zu Weihnachten sind sie gut." Fröhliches Gelächter war die Antwort. Dann setzte sich der Führer der Gruppe neben Franziska auf die Bank.

„Schauen Sie mal", sagte er, „Sie können dieses helle Häutchen um den Kern abziehen und dann den Kern essen. Im Übrigen ist der Kern mitsamt dem Häutchen keineswegs giftig, er schmeckt nur bitter." Zum Beweis steckte er sich ein Stück des abgepellten Walnusskerns in den Mund und bot den Rest Franziska an. Die traute sich nicht.
„Schon meine Oma hat gesagt, dass frische Walnüsse giftig sind", meinte sie.
„Stimmt", bestätigte Felix. „Mein Leben lang habe ich gehört, dass man diese Nüsse erst essen kann, wenn sie getrocknet sind." Trotzdem griff er nun mutig zu und aß einen der schneeweißen Kerne.
„Felix!" Franziska schaute ihn ängstlich und abwartend an. Was würde nun mit ihrem Felix passieren? Der sagte nur: „Mmmm, schmeckt richtig gut." Und griff noch einmal zu. So viele Radwanderer können nicht irren.

Franziska widerstand der Versuchung, nun ebenfalls von den Nüssen zu probieren, schließlich wollte sie gesund und fit sein, sollte Felix Vergiftungserscheinungen zeigen und ihren Beistand benötigen. Statt Vergiftungserscheinungen zeigte dieser lediglich Ermüdungserscheinungen. Die Sonne stand verdächtig nah am Horizont, und Felix bestand auf einem Bett, bevor es dunkel würde. „Dies ist unsere letzte Nacht am Bodensee", sagte er zu Franziska, „morgen schlafen wir wieder im Zug. Wobei *schlafen* die Übertreibung des Jahres ist. Gönnen wir uns doch noch mal so ein richtig gutes Hotel!" Er dachte an den Luxus, der die Alternative zur Parkbank gewesen war, und den er mit seiner Franziska letztendlich sehr genossen hatte. Gegen eine Neuauflage dieser Nacht hätte er nichts einzuwenden, schmunzelte er innerlich.

Vom Kirchturm wehten sechs Glockenschläge herüber, als Franziska vor der Touristeninformation stoppte, die gerade ihre Türen schließen wollte.

„Hier im Ort findet in dieser Woche ein Treffen aller Chöre aus dem Appenzeller Land statt, wir sind ausgebucht, darüber hinaus - " „Ich kann singen!" unterbrach Felix und schmetterte los: „Das kann doch einen Seemann nicht erschüttern, keine Angst, keine Angst, Rosmarie..." Franziska klatschte den Takt dazu.
„Darüber hinaus treffen sich die Schweizer Bodensee-Segler zum Absegeln, es ist kein Zimmer frei!"
„Segeln kann ich auch, als echte Kieler Sprotte", versuchte Felix Sympathien zu gewinnen. „Leider passte das Boot nicht aufs Fahrrad."

Die Dame von der Information grinste und hatte Mitleid. „Wenn Sie nicht noch bis Bregenz radeln wollen, kann ich Ihnen Babette empfehlen. Babette betreibt ein Heuhotel. Sie finden den Hof *Montana* wenn sie ein paar Kilometer Richtung St. Gallen fahren."

Im Geiste verabschiedete sich Felix von seiner Vorstellung von Luxusbett und Luxusbad, statt weicher Daunen würde er also mit pieksendem Heu und statt rosenduftendem Badewasser mit dem kalten Schwall aus einer Pumpe vorlieb nehmen müssen.

„Montana!" stöhnte er wenig später, als der Weg steil bergan führte. „Der Name sagt alles."

Er stieg von seinem Rad und begann zu schieben. Franziska, mit leichterem Gepäck, radelte noch ein Stückchen weiter, dann gab auch sie auf. Seltsam, dachte sie, als sie ihr Rad den Berg hinauf schob, mit jedem Meter wird das Rad schwerer! Das ist ein *Fahr*rad und kein *Schiebe*rad, sagte sie sich, versuchte noch einmal aufzusitzen, schwankte, und entschied, dass Schieben doch die einfachere Art der Fortbewegung sei. Aber einfach war hier gar nichts! Schweiß perlte über ihre Stirn, sie spürte ihr Hemd am Körper kleben. Die Straße vor ihr wand sich zwischen dichten Bäumen in die Höhe, ein Ende war nicht abzusehen.

„Felix, ich kann nicht mehr", kam es kläglich aus ihrem Mund.
„Warte, ich helfe dir." Über den nächsten Kilometer schob Felix nun abwechselnd Franziskas und sein eigenes Rad, das kostete die doppelte Zeit, es wurde finster und es wurde kalt. Um nicht zu frieren in ihren feuchten Sachen, übernahm Franziska wieder ihr Rad. Verbissen schob sie bergan, hörte diese Straße denn nie auf? Endlich, fast wären sie in der Dunkelheit daran vorbei gelaufen, deutete ein Hinweisschild nach links in den Wald: Hof Montana!

Felix und Franziska stolperten mit ihren Rädern über einen Feldweg mit ausgefahrenen Furchen, dann tat sich eine Lichtung vor ihnen auf, sie schauten auf den beleuchteten Hof, sahen tief unter sich die dunkle

Fläche des Sees schillern und die Lichterkette der Ortschaften am Ufer blinken. Babette, eine junge Frau mit blonden Zöpfen und mit zwei kleinen Buben, die an ihrem Rockzipfel hingen, begrüßte sie in urigem Schwyzer Dütsch, das sie kaum verstanden, führte sie in den Kälberstall und zeigte ihnen die mit Heu ausgelegten sauberen Boxen. Warme Decken lagen bereit, und zu Felix' Überraschung gab es sogar ein winziges WC mit einer Dusche. Während er und Franziska sich dort aufwärmten und trockene Kleidung anzogen, schleppte Babette heißen Kräutertee und duftendes Bauernbrot heran, stellte selbstgemachten Almkäse dazu und frische Mettwurst.

„So gut", sagte Felix, als er am nächsten Morgen erwachte und ein wenig Heu aus Franziskas Haaren klaubte, „habe ich auf unserer ganzen Tour noch nicht geschlafen!"

Die Abfahrt hinunter zum See war ein Genuss, spätsommerlicher Sonnenschein begleitete Felix und Franziska den ganzen Tag über bis nach Lindau. Dort fanden sie den Bahnhof abgesperrt vor, ein herrenloser Koffer war gefunden worden und musste nun von Spezialisten geöffnet werden, die der Gefahr für Leib und Leben mutig ins Auge sahen. Dass diese Experten vom Kampfmittelräumdienst mit einer Salve knallbunter Luftballons zu kämpfen hatten, die ihnen um Ohren flogen, da der Koffer lediglich die Ausrüstung eines Gauklers enthielt, erfuhren Felix und Franziska, als sie im Bus nach Friedrichshafen standen und krampfhaft ihre Räder festhielten. Der Busfahrer hatte ihnen versichert, sie würden ihren Zug noch erreichen, nun raste er über die Uferstraße, bretterte durch Kurven, hielt schließlich mit quietschenden Reifen vor dem Friedrichshafener Bahnhof und spuckte seine Insassen aus, die allesamt eiligst zum Zug strömten. Weder Fahrstuhl noch Treppen gab es hier, Felix und Franziska konnten problemlos auf den Bahnsteig rollen.

„Trotzdem", sagte Felix, nachdem er im Zug saß und an die Nacht in der Folterkammer dachte, die ihm bevorstand, „mache ich nie wieder eine Radtour, wenn wir mit der Bahn anreisen müssen."
„Das habe mir auch schon überlegt", entgegnete Franziska. „Im nächsten Jahr radeln wir durch Schweden, dorthin können wir mit dem Schiff fahren. Schlechtes Wetter gibt es auch im Norden nicht, nur falsche Kleidung."

Felix betrachtete sein voluminöses Fahrradgepäck. Von falscher Kleidung hatte er in jeder Hinsicht genug.

Felix und Franziska im Thüringer Wald

Felix hatte gewonnen! Nein, diesmal nicht im Lotto, es war ein knallblauer Briefumschlag, den Franziska beinahe zusammen mit der üblichen bunten Reklame gleich in den Papiermüll entsorgt hätte. Adressiert an Felix, mit einem dicken weißen Schriftzug „LEE" auf dem blauen Untergrund. Felix schaute interessiert zu, als Franziska den Umschlag öffnete. „Gewinn-Mitteilung" war dort zu lesen, und „LEE" in Verbindung mit Meeresbläue ließ Felix sogleich an eine Schiffsreise denken. Aber weit gefehlt, in den Thüringer Wald sollte es gehen, Felix hatte eine Busreise für zwei Personen gewonnen.

„Bei welchem Preisrätsel hast du mitgemacht?" wollte Franziska wissen, aber Felix konnte sich an kein Rätsel erinnern.
„Der Preis wird übergeben bei einer Einladung zu Kaffee und Kuchen", las Franziska vor, „und hier steht: Wir schenken Ihnen 50 Euro", fuhr sie fort.
„Felix, du bekommst 50 Euro geschenkt, wenn wir uns von der Firma LEE zu Kaffee und Kuchen einladen lassen. Im „Luv", das passt ja hervorragend!" Das Ausflugslokal „Luv", idyllisch am Falckensteiner Strand gelegen mit weitem Blick über die Förde hinüber nach Laboe, kannten Felix und Franziska von ihren Ausflügen mit den Fahrrädern, und sie wussten die leckeren Buttercremetorten und Sahnekuchen dort sehr zu schätzen.

„Am Montag Nachmittag ist die Preisverleihung, da sind wir dabei", entschied Franziska. „Wir lassen uns Torten und Kaffee schmecken und ab geht es in den Thüringer Wald. Dort waren wir schließlich noch nicht!"
„Lass mal schauen." Felix unterzog das Schreiben einer eingehenden Prüfung.
„Es muss doch ein Haken bei der Sache sein. So ohne weiteres hat kein Mensch etwas zu verschenken, und schon gar nicht eine Reise in den Thüringer Wald samt 50 Euro. Und bei einem Preisrätsel habe ich schließlich nicht mitgemacht."

Felix wedelte mit dem Brief hin und her. „Vielleicht findet dort am Montag eine Verkaufsschau statt", fuhr er fort. „Wir werden eingeschlossen und erst wieder freigelassen, wenn wir Kochtöpfe für 500 Euro und eine Lamadecke für 1000 Euro gekauft haben. So ähnlich hat es schon in den Holsteiner Nachrichten gestanden." Die Aussicht, eingesperrt zu werden, verursachte Franziska eine leichte Gänsehaut, da würde auch die leckere Eierlikör-Sahne-Torte nicht helfen, die ihr beim letzten Besuch im Luv vor zwei Wochen so gut geschmeckt hatte.

„Wir könnten hingehen und unser Geld und die Kreditkarten zu Hause lassen, wir nehmen nur etwas Kleingeld für Notfälle mit. Dann kann uns niemand etwas verkaufen und wir werden erfahren, wieso du eine Reise in den Thüringer Wald gewonnen hast, Felix."

Nachdem sie für Felix am Montag Mittag eines seiner alten karierten Hemden herausgesucht hatte, die er sonst zur Gartenarbeit trug, verwandelte Franziska sich selbst mittels eines schon zum Ausrangieren weggelegten grünen Rocks und einer Bluse mit Rosenmuster in eine, wie sie meinte, „einfache Frau vom Land".

„Schau mal Felix!" Beide standen vor dem Schlafzimmerspiegel und betrachteten sich. „So wird niemand glauben, dass wir Geld auch nur für einen klitzekleinen Kochtopf haben!"

Im Luv angekommen, war Franziska ihr Aussehen dann doch etwas peinlich. Ganz offensichtlich hatten sich die übrigen Gäste im gut besuchten Lokal für den Gratis-Nachmittag herausgeputzt. Felix und Franziska fanden zwei freie Plätze an einem großen runden Tisch, dann fragte auch schon die Bedienung nach ihren Wünschen.

„Aber alles, was Sie vor dem Vortrag bestellen, müssen Sie bezahlen", wurde ihnen mitgeteilt, und in Gedanken an die wenigen Euros im Portemonnaie verzichteten beide vorsichtshalber darauf, jetzt schon den Kaffee zu trinken, auf den sie sich so gefreut hatten.

Eine junge Dame im weißen Hosenanzug mit blauer Bluse erschien, stellte sich als Lisa London vor, verteilte Reisekataloge der Firma *LEE* - was sie als *L*andschaften *E*uropas *E*rleben interpretierte - und kündigte an, dass nach der Präsentation der Reisen Kaffee und Kuchen für alle Gäste ausgegeben würde. Franziska blätterte flüchtig das bunte Heft durch und hatte Durst. Sie überlegte, ob sie nicht doch etwas bestellen sollte, aber die Bedienung war in der Küche verschwunden und Lisa London schwärmte schon von Andalusien. Eine Busreise würde dorthin führen, eine Woche Andalusien zum Super-Sonderpreis!

„Sie haben alle einen Reise-Gutschein über 50 Euro erhalten. Wenn Sie die Reise heute buchen, bekommen Sie 50 Euro geschenkt."

Reise-Gutschein? Felix drehte das Schreiben der Firma *LEE* hin und her. Tatsächlich, wenn er den blauweißen Hintergrund schräg anvisierte, konnte er es mit Mühe entziffern: *50 Euro Rabatt bei Buchung* stand dort, eingewoben in ein wellenförmiges Muster.

„Wir wollen nicht nach Andalusien, wir haben doch eine Reise in den Thüringer Wald gewonnen!" kam ein Zwischenruf vom Nebentisch.

„Zum Thüringer Wald kommen wir später", vertröstete Lisa London und fuhr munter fort, die Schönheiten Südeuropas zu preisen, bewegte sich von Andalusien über die Toskana weiter in östlicher Richtung nach Kroatien und Griechenland. Nachdem das Mittelmeer ausführlich abgehandelt und eine Stunde herum war, wollte Felix wissen, wie denn wohl so eine einwöchige Busreise nach Griechenland zu bewerkstelligen wäre. Wenn seine Geographiekenntnisse ihn nicht täuschten, bräuchte man für die Anreise mit dem Bus allein zwei bis drei Tage. Schließlich sei man doch hier in Kiel zu Hause, und nicht etwa in München. „Kein Problem," konterte Lisa London, „der Bus fährt in Kiel früh morgens um halb drei los, Sie übernachten in einem Hotel in Österreich und erreichen am nächsten Abend Ihr Urlaubsziel an der griechischen Küste."

Felix rechnete. Eine Woche Griechenland, zwei Tage (und die halbe Nacht) Anreise, eine ebenso lange Rückreise, da blieben drei Tage für den Urlaub am Strand übrig. Den hätte man dann auch bitter nötig!

„Würde Ihnen denn eine unserer Reisen ans Mittelmeer gefallen?" wollte Lisa London von dem Mann wissen, der Felix gegenüber saß.
„Da muss ich meine Frau fragen," kam die Antwort.
„Warum haben Sie Ihre Frau nicht mitgebracht?"
„Die sitzt doch hier neben mir!"

Nachdem die Referentin im schicken Dress merkte, dass sie die norddeutsche Klientel mit Kurzreisen ans Mittelmeer nicht ködern konnte, verlegte sie sich auf die Alpenländer, ein bisschen näher dran an Kiel und daher auch in einem Rutsch mit dem Bus erreichbar. Felix fand die Reisen in die Schweiz und nach Österreich vom Preis her durchaus attraktiv, aber als er hörte, dass es sich um Fünf-Tage-Trips handelte, drei Bergwanderungen inklusive, raunte er Franziska zu: „Ein Spaziergang durch unsere Holsteinische Schweiz würde mir genügen!"

Felix schaute auf seine Uhr, es waren fast zwei Stunden vergangen, als Lisa London sich endlich von Süden her dem Thüringer Wald näherte.

„Viele unter Ihnen haben unsere Gewinnmitteilung erhalten," sagte sie mit erhobener Stimme, und ein Ruck ging durch ihre Zuhörer, die Köpfe hoben sich und wandten sich ihr zu, das ein oder andere leise Gespräch verstummte.

„Der Zufallsgenerator hat Sie ausgewählt, Sie haben eine dreitägige Reise für zwei Personen in ein Hotel im Thüringer Wald gewonnen. Ich hoffe, die Reise wird Ihnen gefallen, und Sie empfehlen unsere Firma weiter."

Felix und Franziska erfuhren, dass die Thüringer-Wald-Reise, genau wie alle anderen Reisen der Firma LEE, speziell für notorische Frühaufsteher konzipiert war. Ein Tag Busfahrt hin, ein Tag Busfahrt zurück. Na ja, an dem Tag dazwischen könnte man im Hotel wenigstens ausschlafen!

„Ein bisschen wenig Wald für so viel Bus!" Felix sagte es laut und erntete einen strafenden Blick der Referentin.
„Unsere Gäste sind durchweg begeistert von unseren Reisen", meinte sie. „Sie können jetzt sofort buchen, es fällt nur eine Buchungsgebühr von 50 Euro an."
„Die Buchungsgebühr möchten wir mit dem Reisegutschein verrechnen", meldete sich Franziska, wurde aber sofort belehrt, dass dies nicht möglich sei. Die 50 Euro könnten nur vom Reisepreis abgezogen werden, und einen Reisepreis gäbe es bei einer geschenkten Reise schließlich nicht.

„Felix, jetzt haben wir nur etwas Kleingeld dabei und unsere Kreditkarten sind zu Hause. Wie sollen wir da die 50 Euro bezahlen?" Franziska grübelte.
„Wir müssen ja nicht in den Thüringer Wald fahren, wir könnten daheim bleiben", schlug Felix vor. Diese Lösung des Problems erschien ihm ganz sympathisch.
„Dann hätten wir gar nicht herkommen brauchen. Felix, wie oft bekommt man eine Reise geschenkt? Das müssen wir ausnutzen!"

Aber Felix nutzte erst mal den Kaffee, den die Bedienung inzwischen in Thermoskannen auf den Tischen verteilt hatte, und griff zum Kuchen, der auf großen Tabletts herum gereicht wurde. Leider gab es weder Eierlikör-Sahne-Torte noch irgend etwas mit Buttercreme.

„Der Streuselkuchen und diese Schokoschnitten sind der Rest vom Wochenende, so trocken wie es schmeckt", stellte Franziska fest und spülte die Krümel in ihrem Mund mit einem Schluck Kaffee herunter.

Während des Kaffeetrinkens notierte Lisa London die Buchungen für den Thüringer Wald, Franziska schickte ihren Felix vor. Einigermaßen gesättigt sah dieser dem Thüringer Wald nun mit etwas weniger Skepsis entgegen, schwindelte vom vergessenen Portemonnaie und durfte die Reise buchen mit dem festen Versprechen, die 50 Euro in den nächsten Tagen zu überweisen.

Franziska recherchierte im Internet und ermittelte für die Entfernung Kiel - Eisenach rund 400 Kilometer.

Etwas verwunderlich fand sie es daher, dass ihr Bus schon morgens um vier Uhr starten sollte. Ein strahlend schöner Frühjahrsmorgen zog im Osten über der Förde herauf, als sie und Felix ziemlich unausgeschlafen mit dem Taxi am Kieler Busbahnhof ankamen, was die geschenkte Reise sofort um 12,50 Euro verteuerte. Der Busfahrer, der sich mit „Ich bin der Martin" vorstellte, war ein fröhlicher Rheinländer. Er begrüßte seine Gäste mit einem munteren „Morje", und sagte launig zu Franziska: „Dinne Kopp sieht us wie ne Mopp", worauf diese in ihre Haare griff und die vom frischen Seewind zerzausten Locken glättete. Wie ein Staubwedel wollte sie nun wirklich nicht aussehen! Bevor er losfuhr verteilte Busfahrer Martin Bonbons, die er mit dem lauten Ruf „Kamelle" seinen Fahrgästen zuwarf. Zu dieser frühen Stunde funktionierten Felix' Reflexe noch nicht zuverlässig, er zuckte erschrocken zusammen, als ihn eine der Süßigkeiten an der Stirn traf. Franziska wollte wissen, weshalb ausgerechnet ein Kölner sie vom hohen Norden in den Thüringer Wald chauffierte, und bekam als Erklärung zu hören: „Isch han en äschte Kieler Sprotte jeheiratet."

Insgeheim hatte Felix gehofft, der Bus wäre überfüllt, er könnte auf die Reise verzichten und zurück in sein warmes Bett. Aber weit gefehlt, noch nicht einmal zu einem Drittel besetzt waren die Plätze, was sich allerdings bald ändern sollte. Felix wunderte sich über die Route, die nach Rendsburg anstatt südlich in Richtung Hamburg führte. Auf seine Frage hin erzählte der Busfahrer einen Kölschen Witz.

Tünnes jesteht dem Schäl: „De schönste Sommer meines Lebens verdanke ich Schleswig-Holstein." „Wieso, hast de da Urlaub jemacht?" „Ich nit, aber mein Frau!"

Felix schloss genervt die Augen, versuchte noch mal einzuschlummern, aber einmal in Fahrt fielen Fahrer Martin noch zwei oder drei andere Witze ein, und dann war auch schon der Rendsburger Paradeplatz erreicht. Dort stiegen weitere Reisegäste zu, die Route führte nun nach Heide, wo ein paar Friesen von der Westküste sich die Wartezeit am noch kühlen Morgen mit einer Buddel Köm erträglich gemacht hatten. Die sonst so wortkargen Friesen hatten, vom Alkohol in Stimmung gebracht, auch einen Witz auf Lager.

Ein junges Paar auf einem einsamen Hof hinterm Deich in der Hochzeitsnacht. Der Jungbauer streicht seiner Frau immer wieder über Bauch und Hüften und flüstert zärtlich: „All min Land, all min Land." Schließlich wird es ihr zu bunt und sie sagt: „Wenn du nicht bald anfängst zu pflügen, verpachte ich den Acker!"

Über die Autobahn erreichte der Bus im Nu Itzehoe und sammelte dort ein älteres Ehepaar ein. Der nächste Halt war vor dem Rathaus in Neumünster. Felix reckte den Hals, schaute sich im Bus um und schaute dann auf seine Uhr. Es war halb acht und der Bus immer noch nicht voll. Felix befürchtete nach der Kreuzfahrt durch Schleswig-Holstein eine Rundreise durch Hamburg, stellte aber nach einer Weile erleichtert fest, dass Bad

Segeberg angesteuert wurde und der Bus dort die tatsächlich allerletzten Fahrgäste aufnahm, eine Gruppe Landfrauen, die, kaum dass sie saßen, Kuchenpakete auspackten und zu futtern anfingen. Felix fiel auf, dass er noch nichts gefrühstückt hatte. Seit mehr als vier Stunden wurde er nun kreuz und quer durch Schleswig-Holstein kutschiert. Aber erst eine lange Weile später, als schon fast Hannover in Sicht war und Felix' Magen vernehmlich knurrte, hatte Fahrer Martin ein Einsehen und steuerte eine Raststätte an.

Nach Kaffee und Schinkenbrötchen blieb Felix und Franziska noch eine gute Stunde Zeit, sich auf einem Parkplatz von riesigen Ausmaßen die Füße zu vertreten. Dann aber sollte es wirklich losgehen Richtung Thüringer Wald!

„Felix, ein Hubschrauber verfolgt uns. Ob der Busfahrer zu schnell gefahren ist?"
„Zu schnell? Eher zu langsam!" Felix schreckte aus seinem leichten Schlummer hoch. Tatsächlich, genau wie Franziska hörte auch er das laute Knattern: *schrab, schrab, schrab* tönte es. Der Bus schwankte, Franziska schrie auf und klammerte sich an Felix, aber da waren sie schon auf dem rechten Randstreifen zum Stehen gekommen.

„Alles aussteigen und hinter die Leitplanke! Wir haben einen Platten." Aha, in Krisensituationen beherrschte Martin perfektes Hochdeutsch! „Ich brauche kräftige Hände zum Helfen", fuhr er fort, und Felix war froh, dass der prüfende Blick über ihn hinweg glitt und an einem stattlichen Nordfriesen hängen blieb. Dann sah er die Bescherung, das *schrab, schrab, schrab* war von dem zerfetzten linken Hinterrad verursacht worden! Der unfreiwillige Aufenthalt der Fahrgäste in dem lichten Wäldchen hinter der Leitplanke würde wohl einige Zeit dauern. In kleinen Grüppchen standen die Reisenden beieinander, wenigstens die zwischenmenschliche Kommunikation wurde durch die unglückliche Wendung der Dinge gefördert.

„Ich muss mal", meinte Franziska nach einer langen Weile und machte sich mit Felix auf zu einem ein Stück abseits liegenden dichten Gebüsch, das sich im Näherkommen als stachelige Brombeerhecke entpuppte. Gerade als Franziska mit einem dornigen Blütenzweig im Haar aus den Brombeerranken wieder auftauchte, sah sie die Mitreisenden den Bus besteigen. Nun aber los! Im Laufschritt und außer Atem kam sie mit Felix als Letzte an.

„Isch han schon auf euch jewartet", meinte Martin, um dann mit der Bemerkung „Et kütt wie et kütt" an seine Fahrgäste zur Aufheiterung Pflaumen und Äpfel in hochprozentiger Form zu verteilen. Felix nahm dankbar das kleine Fläschchen und mit dem Kommentar „Wat mut, dat mut!" einen kräftigen Schluck.

Die Mittagszeit war längst vorbei, als der Bus Eisenach passierte und in einen dunklen Wald eintauchte. Ein Stück ging es bergan, dann kam der auf einer Lichtung äußerst malerisch gelegene einsame Gasthof *Zum Wackeren Wanderer* in Sicht

Der Bus spuckte seine Fracht aus und eine resolute Wirtin nahm ihre Gäste in Empfang mit einem Blick auf die Uhr und den Worten: „Die Rouladen sind jetzt völlig zerkocht!"

Nicht nur die Rouladen waren matschig, auch Kartoffeln und Blumenkohl hatten den Garpunkt längst überschritten. Einzig und allein die Soße war schmackhaft und wurde von Felix und Franziska mit einem Stück Brot aufgetunkt.

Erleichtert sanken die beiden dann in weiche Betten, um den Rest des Nachmittags zu verschlafen. Aber sie verschliefen nicht nur den Nachmittag, ein Blick auf seine Armbanduhr sagte Felix, dass auch das Abendessen längst vorbei war, als er endlich erwachte. Zusammen mit seiner Franziska suchte er die Gaststube auf und bekam einen Teller mit nicht mehr ganz frischen Wurstbroten vorgesetzt.

„Jetzt brauche ich erst mal einen Schnaps", meinte Felix, und ordete einen Klaren. Er bekam großzügig von etwas eingeschenkt, das ihn stark an Fichtennadeln erinnerte. Franziska wollte auch probieren und fand, anstatt ihn zu trinken würde sie diesen Schnaps lieber in ihr Badewasser kippen. Die Wirtin empfahl nun einen Obstler, und als Felix bezahlen wollte, stellte er fest, dass alle Schnäpse nur jeweils einen Euro kosteten. „Da können wir uns doch noch einen gönnen", kicherte Franziska, die vom Obstler gerne gekostet hatte, und bekam umgehend ihr Schnapsglas noch einmal gefüllt.

Nach dem Frühstück am nächsten Morgen war wieder Busfahren angesagt, zum Glück war es nicht weit bis Eisenach, und Felix und Franziska genossen es, dort durch die malerischen Sträßchen zu spazieren. Franziska fotografierte Schloss und Rathaus, bewunderte das berühmte Lutherdomizil und entdeckte schließlich ein nur zwei Meter breites Häuschen, eingeklemmt in der Altstadt, mit einer liebevoll restaurierten Fachwerk-Fassade. „Dies ist sicherlich das schmalste Haus von ganz Deutschland", meinte sie und war begeistert, als der Hausbesitzer sie ins Innere einlud, wo Bilder und alte Einrichtungsgegenstände die wechselhafte Geschichte des handtuchschmalen Gebäudes belegten. Als Felix seine Arme ausstreckte, konnte er beinahe die Wände rechts und links berühren! Jetzt wurde es aber höchste Zeit, mit schnellen Schritten zum Bus zurück zu laufen.

Busfahrer Martin chauffierte seine Gäste nun zur Wartburg, die eindrucksvoll über der Stadt thronte. Eine Gartenwirtschaft lud zum Mittagessen ein, anschließend erkundeten Felix und Franziska die verschiedenen Burghöfe und schlossen sich einer Führung an, um den dreistöckigen Palas - das Wohngebäude - mit seinen Räumen kennen zu lernen. Rittersaal, Lutherzimmer, die farbenfrohe Elisabethkemenate, ein wahrlich beeindruckendes Ensemble! Zurück in einem der sonnenbeschienen Burghöfe entdeckte Franziska schließlich eine kleine, eisenbeschlagene Bohlentür, die nur angelehnt war.

„Schau mal Felix, ob es hier ins Verlies geht?"
„Wir haben doch eben gehört, dass die armen Menschen früher durch den Turm ins Verlies herunter gelassen wurden."

Aber da war Franziska schon durch die schmale Tür in die dämmrige Kühle geschlüpft, und was blieb Felix anderes übrig, als ihr zu folgen?

„Ein Abstellraum", stellte er nüchtern fest.
„Hier sind Eisenringe an der Wand, bestimmt waren früher Gefangene daran festgekettet! Huuh", gruselte sich Franziska.
„Das sind Halterungen für Besen und Harken!"
„Warte Felix, hier hinten könnte es weiter gehen."
Franziska taste sich durch den niedrigen Raum. Aber wie sie auch suchte und schaute in dem schwachen Licht, das durch ein kleines Gitter unter der Decke fiel, es gab keine andere Tür, die irgendwohin führte. Plötzlich griff Franziska in ein Spinngewebe, und eine dicke schwarze Spinne krabbelte über ihren Arm.
„Igitt!" Sie schrie auf.
„Lass uns hier heraus gehen." Felix drängelte und nahm sie bei der Hand. „Unser Bus fährt gleich los."

Er griff nach der Türklinke, es war ein Griff ins Leere. Nur raues Holz fühlte er, wo außen die Klinke befestigt sein musste. Felix wollte nun kraftvoll die alte Bohlentür aufdrücken, aber die rührte sich nicht. Erschrocken stemmte er sich mit seinem ganzen Gewicht dagegen, auch Franziska half mit, doch die Tür bewegte sich keinen Zentimeter.

„Das Schloss muss eingeschnappt sein!" Felix trommelte nun mit seinen Fäusten gegen das Holz und Franziska rief laut um Hilfe. Keine Reaktion.
„Was machen wir jetzt?" Franziska schniefte und Felix nahm sie tröstend in die Arme.
„Lange kann es nicht dauern, bis jemand in die Nähe von diesem Raum kommt, wir müssen immer wieder rufen und klopfen."

Trotzdem dauerte es eine gute halbe Stunde, die sich für Franziska endlos in die Länge dehnte, bis beide entdeckt und aus ihrem Gefängnis befreit wurden. Obwohl der Wärter, der die Tür geöffnet hatte, sie recht unfreundlich anschaute, fiel Franziska ihm in ihrer Erleichterung um den Hals und drückte ihm einen Kuss auf die bärtige Wange.

„Passen Sie gut auf Ihre Frau auf, damit sie nicht tatsächlich im Verlies landet. Wer weiß, was sie mit mir anstellt, wenn ich sie dort nach einem ganzen Tag Einzelhaft heraus lasse?" sagte der Burgwächter nun doch schmunzelnd zu Felix.

„Der Bus ist weg!" Felix schaute auf den leeren Parkplatz. „Was machen wir nun?"
„Wo wollen Sie denn hin?" meldete sich die Stimme eines hilfreichen Passanten.
„Wir wohnen im Gasthaus *Zum Wackeren Wanderer*."
„Das ist nicht weit, Sie können zu Fuß gehen. Entweder folgen Sie hier der Straße oder sie laufen durch die Drachenschlucht. Der Wanderweg geht dort vorne los."

„Drachenschlucht, das klingt gut," meinte Franziska, deren Abenteuerlust schon wieder erwachte. „Komm Felix, wir nehmen den Weg."

„Meine Ferse schmerzt gewaltig!" meldete sich Felix, nachdem er zusammen mit Franziska mehr als eine Stunde hügelauf und hügelab durch dichten Wald gelaufen war, und setzte sich mit einem Seufzer der Erleichterung auf eine Bank am Wegesrand.
„Lass mal sehen!" Franziska half Felix aus Schuh und Socke, und tatsächlich, eine dicke blutunterlaufene Blase prangte an Felix' linker Ferse.
„Da drüben ist ein Bach, du kannst dort deine Füße kühlen", schlug Franziska vor. Munter plätscherte der kleine Wasserlauf, zu dem Felix nun hinhumpelte. Er setzte sich auf einen Stein, steckte den lädierten Fuß ins Wasser und befreite dann auch seinen anderen Fuß von Schuh und Socke, um mit beiden Beinen genüsslich im erfrischenden Wasser zu plantschen. Seine Hose wurde dabei ein bisschen nass, doch das war ihm egal. Gar nicht egal war es ihm aber, dass er plötzlich eine seiner Socken davonschwimmen sah. Franziska versuchte die Socke noch zu erhaschen, aber der Bach war schneller, bedauernd sahen die beiden das gute Stück über einen kleinen Wasserfall entschwinden.

Mit nassen Füßen, mit nur einer Socke und schmerzender Ferse stieg Felix vorsichtig mit seiner Franziska hinunter in die Drachenschlucht. Hier wurde es düster und moderig. Wie in einer Klamm rückten die steilen Felswände immer enger zusammen, Felix und Franziska arbeiteten sich langsam und mit Herzklopfen über den unheimlichen und unbequemen Weg voran. Sie mussten nun hintereinander gehen und konnten sich nicht mehr an den Händen halten.

„Pass auf, dass du nicht ausrutschst auf den glitschigen Holzbohlen!" Felix' Warnung kam zu spät, Franziska war schon mit einem lauten „Autsch!" auf ihrem Hinterteil gelandet.
„Nur meine Hose ist lädiert, mir geht es gut", beruhigte sie Felix, als der ihr auf die Beine half.

Die Drachenschlucht zog sich unerwartet in die Länge. Franziska legte den Kopf in den Nacken, um ein Stückchen blauen Himmel oberhalb der schwindelerregenden Felswände zu erspähen. „Da hinauf müssen wir. Ich möchte wissen, wie viele Kilometer wir noch vor uns haben", überlegte sie. „Hoffentlich sind wir rechtzeitig zum Abendessen zurück im Gasthof."

Weit mehr als zehn Kilometer wären sie gelaufen, erklärte ihnen die Wirtin vom Wackeren Wanderer, und ein kleines Stück des berühmten „Rennsteigs", der den Thüringer Wald als Wanderweg durchzieht, hätten sie dabei schon bewältigt. Felix' Blase am Fuß verarztete sie mit einem Fichtennadelschnaps, was zwar höllisch brannte, aber, wie sich noch herausstellen sollte, äußerst wirksam war. Zum Trost und gegen den Schmerz wurde Felix an diesem Abend reichlich eingeschenkt, und mit den Worten „Nicht lang schnacken, Kopp in'n Nacken!" motivierte er Franziska zum Mitmachen.

Beim Frühstück um sieben Uhr waren Felix und Franziska noch lange nicht ausgeschlafen. Der Fichtennadelbrand hatte zwar Felix' Ferse halbwegs kuriert, dafür aber ein Gewitter in seinem Kopf entfacht.

„Zum Mittagessen könnten wir zu Hause sein", mutmaßte Franziska, aber weit gefehlt. Es gab zwar keinen platten Reifen, dafür aber einen Stau auf der Autobahn, und die Kreuzfahrt durch das schöne Schleswig-Holstein wurde nun in umgekehrter Reihenfolge durchgeführt. In Bad Segeberg, Neumünster, Itzehoe, Heide und Rendsburg wurden die Fahrgäste abgesetzt und von Fahrer Martin jeweils mit einem Tünnes-und-Schäl-Witz verabschiedet. Auch für die Kieler hatte er eine kleine Geschichte parat.

Tünnes sitzt im Cafe und bestellt ein Stück Kuchen. Als der Ober den Kuchen bringt, zieht er die Nase kraus und sagt: „Nä, nehmen Se dat wieder mit und bringen Se mir ne Schnaps!"
Kaum hat er den Schnaps, trinkt er ihn aus und will gehen. Der Ober rennt hinter ihm her: „Hallo, Sie haben den Schnaps nicht bezahlt!"
Tünnes: „Wieso, ich hab doch dafür den Kuchen zurück jegeben."
Ober: „Den haben Sie aber auch nicht bezahlt!"
Tünnes: „Den hab ich doch auch jarnicht jegessen!"

Als Felix beim Aussteigen das Wort „Schnaps" hörte, griff er sich an den Kopf und stöhnte. Der Fichtennadelbrand hatte ganze Arbeit geleistet!

Busfahrer Martin zwinkerte ihm zu und wusste noch einen:

Tünnes und Schäl sind zu Besuch in Kiel, sitzen an der Förde und angeln.
„Mein lieber Schäl, siehste wie die Sonne so schön auf et Wasser scheint? Da wird mir so richtig klar, warum ich so jern angeln tu!" „Und warum angelst du so jern?" „Der eine angelt aus Leidenschaft, der andere wejen dem Sport, wieder ne andere, um de Langeweil zu vertreibe... Aber ich, ich angele wejen mine Nerve, nur wejen mine Nerve. Und warum angelst du?" „Wejen de Fisch!"

Am Nachmittag lag Felix zu Hause auf dem Sofa und begutachtete die abheilende Blase an seiner Ferse. Vom Wandern hatte er vorläufig genug! Franziska saß ihm gegenüber und las in einer Broschüre, die sie aus dem Gasthof *Zum Wackeren Wanderer* mitgenommen hatte.

„Felix, hier steht, dass man in sechs Tagen über den gesamten Rennsteig laufen kann, eine Wanderung durch den Thüringer Wald von Hörschel bis Blankenstein. Was hältst du davon? Wir beide könnten das doch schaffen!"

Felix und Franziska in Italien..5

Felix und Franziska im Serengeti-Park.......................35

Felix und Franziska reisen um die Welt......................41

Felix und Franziska radeln um den Bodensee...........133

Felix und Franziska im Thüringer Wald...................154